文學的魅惑

馬森文集

Sen Ma 學術卷 03

我寫作，是受了文學迷思的魅力所蠱惑，
如此而已。

秀威版總序

我的已經出版的作品，本來分散在多家出版公司，如今收在一起以文集的名義由秀威資訊科技有限公司出版，對我來說也算是一件有意義的大事，不但書型、字體大小不一的版本可以因此而統一，今後如有新作也只須交給同一家出版公司就行了。

稱文集而非全集，因為我仍在人間，還有繼續寫作與出版的可能，全集應該是蓋棺以後的事，就不是需要我自己來操心的了。

從十幾歲開始寫作，十六、七歲開始在報章發表作品，二十多歲出版作品，到今天成書的也有四、五十本之多。其中有創作，有學術著作，還有編輯和翻譯的作品，可能會發生分類的麻煩，但若大致劃分成創作、學術與編譯三類也足以概括了。創作類中有小說（長篇與短篇）、劇作（獨幕劇與多幕劇）和散文、隨筆的不同；學術中又可分為學院論文、文學史、戲劇史、與一般評論（文化、社會、文學、戲劇和電影評論）。編譯中有少量的翻譯作品，也有少量的編著作品，在版權沒有問題的情形下也可考慮收入。

有些作品曾經多家出版社出版過，例如《巴黎的故事》就有香港大學出版社、四季出版社、爾雅出版社、文化生活新知出版社、印刻出版社等不同版本，《孤絕》有聯經出版社（兩種版本）、北京人民文學出版社、麥田出版社等版本，《夜遊》則有爾雅出版社、文化生活新知出版社、九歌出版社（兩種版本）等不同版本，其他作品多數如此，其中可能有所差異，藉此機會可以出版一個較完整的版本，而且又可重新校訂，使錯誤減到最少。

創作，我總以為是自由心靈的呈現，代表了作者情感、思維與人生經驗的總和，既不應依附於任何宗教、政治理念，也不必企圖教訓或牽引讀者的路向。至於作品的高下，則端賴作者的藝術修養與造詣。作者所呈現的藝術與思維，讀者可以自由涉獵、欣賞，或拒絕涉獵、欣賞，就如人間的友情，全看兩造是否有緣。作者與讀者的關係就是一種交誼的關係，雙方的觀點是否相同並不重要，重要的是一方對另一方的書寫能否產生同情與好感。所以寫與讀，完全是一種自由的結合，代表了人間行為最自由自主的一面。

學術著作方面，多半是學院內的工作。我一生從做學生到做老師，從未離開過學院，因此不能不盡心於研究工作。其實學術著作也需要靈感與突破，才會產生有價值的創見。在我的論著中有幾項可能是屬於創見的：一是我拈出「老人文化」做為探討中國文化深層結構的基本原型。二是我提出的中國文學及戲劇的「兩度西潮論」，在海峽兩岸都引起不少迴響。三是對五四以來國人所醉心與推崇的寫實主義，在實際的創作中卻常因對寫實主義的理論與方法認識不足，或由於受了主觀的因素，諸如傳統「文以載道」的遺存、濟世救國的熱衷、個人的政治參與等等的干擾，以致寫出遠離真實生活的作品，我稱其謂「擬寫實主義」，且認為是研究五四以後海峽兩岸新小說與現代戲劇的不容忽視的現象。此一觀點也為海峽兩岸的學者所呼應。四是舉出釐析中西戲劇區別的三項重要的標誌：演員劇場與作家劇場，劇詩與詩劇以及道德人與情緒人的分別。五是我提出的「腳色式的人物」，主導了我自己的戲劇創作。

與純創作相異的是，學術論著總企圖對後來的學者有所啟發與導引，也就是在學術的領域內盡量貢獻出一磚一瓦，做為後來者繼續累積的基礎。這是與創作大不相同之處。這個文集既然包括二者在內，所以我不得不加以釐清。

其實文集的每本書中，都已有各自的序言，有時還不止一篇，對各該作品的內容及背景已有所闡釋，此處我勿庸詞費，僅簡略序之如上。

馬森序於維城，二〇一〇年七月二十三日

文學的迷思（代序）

從事文學創作，本來就是一種寂寞的工作。第一，在創作的過程中，作家面對的只有自己；第二，對任何完成的作品，都不能期待立即的掌聲，這掌聲甚至於只起於身後，或者永遠不會發生。

在文字成爲人間迷思（myth）的時候，文學也是一種迷思。文字既然是極少數人通曉的符號，那麼文學也便成爲社會菁英表情達意傳播訊息的媒體，所謂「文章經國之大業，不朽之盛事」，即是把文學神化的證言。事實上，人類心靈中最美好的感應，確是借助文學，或借助廣義的文字傳之於後世，因此文學才會贏得眾多人間菁英的傾倒與迷戀。

然而今日文字已不是少數人可以壟斷的工具，理論上人人都可以接觸文學，文學因此不再是神話，而是市場中可以選擇購買的商品。文學也不是唯一人們表情達意傳播訊息的媒體。通曉文字的人，可以不必接近文學，也不會因此而有慚作之心。

文學可以是種商品，但其本質上仍是一種藝術，所以不會因爲文字的普及化而成爲大眾的寵物。商品是大眾的，藝術則是屬於小眾的。因此在文學作品中遂產生了大眾文學與藝術文學（或稱之爲純文學）之分。

大眾文學雖然比較可能帶來較多或較早來的掌聲與實質的利益，但追求藝術文學的作者卻常常寧願選擇寂寞。這種心理很難分析，也許是來自早期文學迷思的遺存，也許是藝術文學更能夠吸引住一顆敏感而有創造力的心。藝術文學所產生的魅力竟能抵擋得住掌聲與實利的誘惑，也足見其迷思之深了。

世間，應該沒有一個作家不重視讀者群的多寡，但是如若讀者群之眾多，是以犧牲藝術文學的品質做爲先決條件的話，二者便會形成魚與熊掌之勢，受到文學迷思的魅力蠱惑愈深的作家，便愈易傾向捨讀者群之眾多而取藝術文學之品質。

以文學做爲專業，而又自甘寂寞的作者，恐怕較難。我自己慶幸的是文學一直是我的副業，所以我可以不必計較讀者群之多寡。也正因爲我害怕墮入計較讀者群的陷阱，所以我始終不敢把寫作當作專業。

現在的情況對我十分有利，我不靠文學爲生，所以我才敢於自甘寂寞。有掌聲，固然十分好；身後的掌聲或永遠不來的掌聲，都沒有多大關係。我寫作是受了文學迷思的魅力蠱惑，如此而已！

原載一九九〇年六月三日
《中時晚報・時代文學》

目次

秀威版總序／003
文學的迷思（代序）／007

文學沉思

孤絶的人／017
海鷗的遐想／030
象徵文學與文學象徵／046
現代人的困局與處境／050
我寫《北京的故事》的前因與後果／067
從寫作經驗談小說書寫的性別超越／075
愛慾的文化意義／088
海外華文與移民華文文學／101
走向二十一世紀的中國文學／107

文學評論

詩與誦／115
所謂喜聞樂見／118

目次

捧、罵與批評／121
害人的「為人生而藝術」／125
一個文學評論家的晚年／128
可憐的沙特／132
附：傅偉勳〈也談「可憐的沙特」——馬森先生「可憐的沙特」讀後〉／139
批評與理論家的時代／148
論提高武俠小說的素質／153
我看武俠小說／156
我看言情小說／161
回首諦視——評程抱一《天一言》／167
小說家的本來面目——評李銳《寂靜的高緯度》／171
另一種的紀實小說——評郭楓《老憨大傳》／174
性與關於性的書寫——評鄭清文〈舊金山、一九七二——一九七四的美國學校〉／180
王二的傳奇——評王小波的《時代三部曲》／188
逃亡的個人——評高行健《一個人的聖經》／191

目次

寫畫的人——為楚戈巴黎畫展而作／197
時光的圜——龐禕的十二個月／202

文學論辯

大圈圈與小圈圈／209
一封致讀者的信／213
棄嬰與養子／217
為台灣文學定位——駁彭瑞金先生／223
愛國乎？愛族乎？——「皇民文學」作者的自我撕裂／234
關於台灣文學的定位——請教鍾肇政先生／241
痞子對大俠——王朔論港台文學引生的話題／243

附錄

〈馬森的旅程〉　陳雨航／253
馬森著作目錄／279

文學沉思

孤絕的人

我們的這個時代，在工商業一片繁華的盛景中，不免感到心靈的荒瘠；在整體社會勇邁直往的大步中，卻感到個人的怯懦不前；在爲身邊瑣事做出深思熟慮的安排時，對人類的前景竟感心餘力絀無能施其腦力。繁華與荒瘠、勇邁與怯懦、深思熟慮與腦力貧弱形成了這個時代個人生活中相輔相倚的兩種面相。因其繁華，荒瘠則更形荒瘠；因其荒瘠，繁華則愈顯繁華；失其一面，則另一面即不能獨存。

每一個時代都有其矛盾的對立面；然而在過往歷史中所存在的矛盾對立似均不及今日所顯現的這般明確強烈，因爲我們從傳統的舊夢裏醒來時，忽見我們的兩腳竟深深地陷在現代的急流裏。這時我們的心中免不了湧出一種張惶失措的迷離。我們自問：爲什麼我們不能繼續我們沉睡了四五千年的舊夢？爲什麼我們要開門接納西方的文明？爲什麼我們必定要科學、工業、貿易？爲什麼我們必定要現代化？

現代化，夢魘一般的現代化，重重地壓在歐美以外的每個人的心靈上（對歐美人也並不輕鬆），使我們在心力交瘁中徬徨憂忧、杌隉難安。我們似乎感到我們的心靈在極度的張力下向兩極分化：一邊是我們習以爲常的傳統價值，另一邊是優裕新穎的豐足生活。何貴何賤？何取何捨？這是我們今日每個人所面臨的最大問題。

回顧這幾百年來的人類歷史，就似乎隱隱見到發生在英倫三島的工業革命像一條巨龍般向世界各地蜿蜒盤伸。先是歐陸，再是北美，進而南美、亞、非、澳洲，無不被其浸漬沾濡。就以我國而論，自一八四〇年的鴉片戰爭以降，竟成了門戶洞開的國土，任此巨龍窺伺盤桓，而終於不可挽回地步上了工業化的道路；於是中國也就注定了與其固有傳統告別的命運。陶淵明的籬下菊、李商隱的藍田玉，以至曹雪芹的大觀園，這一切一切足以顯示傳統的中國人的嚮往懷抱、人生情趣，和特有的人際關係、生活方式，都隨著圓明園的煙塵一去不返了。不管以何種形式或途徑，中國都不得不步上西方工業化的後塵。這其中自然是經過了大痛苦的蛻變的，明顯地帶出了「非願爲也，勢不能也」的意味。然而，歷史本來就是種不得不然的進程。到了今日，中國人也只有盡力拋卻情感上的歷史包袱，勇敢地面對這一種現實，恐怕只能在午夜夢迴時才偶爾回想到長安城的宮苑、揚州府的曲徑，忍不住淚沾胸臆。

工業化到底給人類的生活帶來了什麼樣的變化？這應該是一個值得一提的龐大問題。現代人的生活與工業革命前人們的生活距離之遠，幾乎可以拿新石器時代到工業革命前這漫長的二三千年的差距作比。細數起來，可舉出幾千幾萬種工業化改變了人類的生活的細情末節，但最最顯而易見的則是工業化使機器直接參與到人類的日常生活中來。今日，人類的衣食住行，無一不與機器有關。機器文明的發生不但改變了人與自然的關係，同時也改變了人與人之間的關係。前者所引起的自然生態的變化，使人類面臨到前所未有的危機；後者則使人的日常生活和心態反應均發生了本質上的改變。

在一個工業前的社會中，人需要他人直接的服務。不但一個家族中的分子需要緊密團結，彼此提攜，就是在家族之外，也須有親朋的協助，或主僕的扶持；因此社會中形成以家族爲核心的職業分工，因工作的性質不可避免地把人分成不同的階層：有治人的，有治於人的；有勞心的，有勞力的。然而工業文明一來，首先粗重的操作，由機器承擔起來；同時只要分配比較適當，人人都可享受到機器大批生產的成果，把以前爲衣食奔波的光陰節省了大半，以從事自我教育與娛樂。多數的勞動人民確是從生活的絞索中解放了出來。又由於工業產品的豐富、社會福利制度的興起，漸使凝聚力最強的家庭失去了對個人作物質供應的效用。即使是失了業的人，其生活也由社會整體負起責任，並不累及他人。因此在經濟生活上，人漸成爲一個獨立自主的個體。其次，人與人之間的服務，漸漸地變作間接性的，所有直接的服務都可一步步地由機器來代替了。人與人的瓜葛愈來愈少，其相與的關係反不如與機器來得密切。另一方面，工業所要求於工作人員的機動性與分散性，擊破了昔日聚族而居的舊傳統。在地緣上說，同一個家庭的分子，愈來愈少有接近的機會；在人緣上說，也愈來愈少有接近的必要。這也就無怪乎家庭竟逐漸地由大而小，由小而將消弭於無形了。在家庭破裂的同時，卻尚不曾產生其他的形式或力量足以使分散的個人凝聚起來，因此就外在的社會環境與社會關係而論，人是愈來愈孤立了。

再就內在的心態而論，現代人可說衝破了無數傳統的桎梏，獲得了前人所無能夢想的自由。然而爲獲得這種自由所付出的代價也是相當慘重的。第一，做爲工業社會經濟基礎的「自由經濟」其特性即在競爭；不但企業與企業競爭，個人與個人也在競爭；人一生下來就加入了競爭的行列。在傳統的社會中，由於階級的限制，不管一個人多麼努力，也難以打破階級的局限。多數人認命了，反倒可以過一種安份而輕鬆的生活。在自由的工業社會中，人人都覺得有往上爬的機會，是沒有人甘於安份認命的。目標則永遠定在遠遠的前方，所以鮮有人在有生之年達到自己預定的目標，也少有人滿意於自己奮鬥的成果。即使僥倖成功者，也難弛其緊張之心境；失敗者，則更不免灰心喪氣。就一個社會而言，成功者鳳毛麟角，失敗者比比皆是。就個人而言，一生中也是成功的次數少，失敗的次數多。因此，這種緊張而灰敗的心境，是現代人所具有的極普遍的一種面相。第二，客觀的環境既難以使人保持人際關係的親密與和諧，人只有退回來與自我相對，自己慢慢來咀嚼生活中所帶來的種種令人沮喪的況味兒。因爲人人都有一本難唸的經，擔負自己的問題已經夠受，誰也沒有多餘的精力來照顧他人。人，於是逐漸變成一種自私與孤獨的動物。這種孤離的心境是現代人所具有的另一種極普遍的面相。

然而從另一個角度來看，現代人所獲得的獨立自由，使他不必諸事求人，更不必諂佞於人。人的一生除了在撫育幼雛時負一部分父母的責任外，對他的負荷不重，因此不必爲環境所迫多事遷就。從某種程度上來說，人人倒都有盡其自性的可能。其次由於現代生活所給予人的更多的反芻的機會及心理學上的貢獻，使現代人的自我意識大爲提高，對人之爲人的自覺顯出前所未有的靈明。

現代人的心態，不管是從正面看還是從反面看，都顯示出一種前所未有的孤絕的面貌。孤絕一詞，我認爲正切合尼采（Friedrich Nietzsche）用來描述叔本華（Arthur Schopenhauer）思想發展的意境。前一個世紀中哲學家比較特殊的心態，不想竟成了這一個世紀中極普遍的世相，因爲人與人的關係與親和感，在現在的社會中，已不再是結構性的必然，而成爲一種突發性的偶然。所以現代人實在有些像在稠人廣眾中的夢遊者，大家都闔目凝思，各自朝前摸索前進。雖有的睜著眼睛，因過於沉迷於一己的美夢中，對他人也是視而未見，觸而未覺。又有些像獨行於荒野中的孤客，面對著荒山絕壁，高呼一聲，雖回音四起，仍不過是自家的聲音而已。知音在何處？雖跋涉千山萬水，竟不知有何目的與歸宿！不但在地緣上時時要以他鄉作故鄉，在人緣上也須時時以新知作故人。外在的世界對現代人而言是前所未有的游離而飄忽，只有在內斂自視的時候才會有些眞實的感覺。因此現代人在人類史上成爲空前的自我中心的族類。對他人的關涉愈少，對自己所負的責任則愈重；因爲人人都瞭解到，在這個世界上大事臨頭時，沒有任何人是可資庇托蔭護的，只有用自己的雙肩承接起來，自己爲自己負責，絕不累及他人。一身無所牽掛，傲然獨立於天地之間，其氣魄遂亦具有前所未見之悲壯。

這種在稠人廣眾中孤立起來的現代人，正因爲其失群獨飛的狀況，情感上的衝動因爲失去了倚附的關係，就比工業前社會中的傳統人來得更爲強烈。企望與人溝通與追求所愛的心情以及企求爲人所瞭解所愛的心情，不管在多麼冷漠自嘲的僞裝中，都會令人覺得火炭般地炙人。但這種強烈的衝動卻在現實生活中遭受到極大的壓抑。其壓抑的性質雖與傳統社會中的大相迥異，所遭受的力量卻並未稍減。現代人情感上所受壓抑的主要來源有二：一是父母情意的巨大影響，二是性愛內容與對象的不穩定。

在傳統的社會中，父母只是家庭成員中的一部分。除了父母以外，還有祖父母，其他與父母同輩的關係人，父母情緒的波動不容易全部影響到兒女的身上。此外，父母與子女的關係在任何工業前的社會中都爲某種傳統的儀式所限定輸導，自有其一定的分寸與範圍。然而在當代的社會中，父母成了兒童發育期所遭遇的唯一的權威與愛情的象徵，傳統的限定與輸導父母子女間情緒的儀式又遭到徹底的破壞，父母對子女可以肆意而爲，子女所受到父母的感染遂百倍於前人。因此一個人一旦成人，即迫不及待地擺脫了父母的羈絆，由著一己的意願及機運漂流四方，自由又孤獨。可是童年的記憶常成爲終生不可擺脫的烙印，幾主導了一個人一生情緒發展的方向。

再說性愛的內容與對象的問題，在傳統的社會中，性與愛常常是可分的，即所愛者不一定是性行為的對象，而性行為的對象又不一定是傾心相愛的人。在那種情況下，人的最大苦悶是性與愛的分離，人的最大願望則是性與愛的合一。今日由於性行為的開放，性與愛一般獲得更多合一的機會。本該稱心如意了，但新的問題又隨之而發生。因為性是衝動的、激烈的、暫時的；愛卻是漸生的、纏綿的、持久的。當這兩種極不相同的性質合而為一時，不是前者受到後者的拖累而失去了其衝動的刺激性，就是後者受了前者的牽連而蛻化為激情之一瞬。在這種新生的情況下，人的情緒的波動同樣遭受著挫折與壓抑。至於愛的對象，今日較之於傳統的社會形成了幾乎可以說無限的擴展。在傳統的社會中，一人一生中愛侶的對象非常有限，不是表兄妹的圈子，就是世交之後，再不然就是媒人眼中的門當戶對。人的選擇有限，心自然也較為安定。今日則不然，由於交通的發達和自由平等觀念的普及，不但打亂了階級與種族的鴻溝，甚至於超脫了年齡與性別的障礙，幾乎到了人人皆可得而愛之的地步。愛的對象竟如超級市場的貨品一樣繁多得亂人眼目，人人如置身於萬花叢中，不知何取何捨。今日孤絕的人所遭遇到的愛的問題，在人類的進化史上又展露出另一種與前不同的面貌與性質。我不知是否有所謂抽象而永恆的愛；即有此種愛，也必得借著具體的環境與人我關係表現出來。對傳統人而言，食是一個重要的課題；對現代人而言，心靈的饑渴是一個重大的課題。唯其物質上少有匱乏，則精神上的荒旱遂愈形彰著。

當社會關係與人際關係成爲如此的一種景象，對個人而言便成爲一種外在的無能爲力的處境。一切英雄式的奮鬥與掙扎，到頭來只落得西塞佛斯（Sisyphus）般的命運。然而面對著荒謬絕倫的前景，仍不失其生活的勇氣，便是西塞佛斯一而再地推石上山的最根本的意義。因此，生命中的意義與希望，恐怕只有在面對了生命本身，在親臨了生活的甘苦以後才能產生的吧！

在這種客觀的人際關係的大變動中，做爲主觀的藝術形式之一的文學，自然也起著巨大的變化。寫實主義所表現的那種複雜的社會關係與人際關係漸漸成爲歷史之舊夢，浪漫主義的英雄美人則更早已流爲荒誕之空想，於是文學便漸有從對人事做外觀的素描而走入內在的省察的趨向。弗洛伊德（Sigmund Freud）在心理學上的貢獻更成爲滋潤這種傾向的有機養料。作者的注意力遂也漸由社會之廣進入人心之深。廣義地來說，這種對人的感覺世界的描述與對人心內在之體察，也可稱之謂一種「內在的寫實」，或「主觀的寫實」。但從另一個角度來說，則世間本無寫實之作品。一切作品，包括自詡爲客觀寫實的作品在內，無不是由某一種特定的角度，以一種特有的態度，對人事所做之觀察與記錄。因爲「眞實」

之本象非但不是任何藝術作品所可涵蓋者，抑且不是某一個人或團體所可把握得到的。就以人類的進化史而論，斯賓塞（Herbert Spencer）的樂觀的社會進化論，或斯賓格勒（Oswald Spengler）悲觀的文化滅亡論，無論多麼動人心弦，都不過是一偏之見；達爾文（Charles Darwin）的進化論，雖為大多數人所接納，但也只算是一種永不能證實的假說。即使世人認為最足以解釋說明物質世界的自然科學，其實不過是由某些相沿而來的概念組合而成之範型（paradigm）。當新概念一出，很可能打破舊有之範型，而從另一角度來重新認知世界之眞相。自然現象如是，社會現象更無足論矣。所以不論多麼寫實的作品，究其極致，也並非純客觀之寫實，不過是較為俗氣的意造而已。在文學以外的藝術，無論繪畫或音樂，均不以模擬實物為尚。繪畫排除對實物之攝影，音樂鄙棄對實聲之擬似，無非貴在創造。藝術者，對眞實素材之重新組合，另創新境之謂也。文學何又不然？眞正有創意的作品，絕不是對現實世界根據約定俗成之觀念做步趨之描摹，而是以作者獨有之觀念對素材重新排列組合另造成一新世界之成品。此一新世界雖以現實世界為藍本，但絕非現實世界之再版。否則文學大可不必存在！

文學做為一種主觀的創造正如人生是一種主觀的過程。每一個人在生活中都是一個參與者，而不是旁觀者。參與的態度縱有積極消極的差別，其為參與則。在參與時自然會發生種種可喜可悲的遭遇，而引致極大的情緒上的波動；這種波動的過程就是一個人生命的過程。人的內在情緒波動的張力，我以為就是當代最能觸動作者心靈的重要主題。一個作者不只在描寫這種張力，而也在體驗這種張力，借著一枝筆，泯除了人我以及過去與現在的隔閡，直接生活在情緒的波動中，為所創造的人物之喜而喜，為所創造的人物之悲而悲，到了作者與所創造的人物不可分離的地步。因此，就創作的過程而言，一個作者對所創造的對象，恰如一個演員對所扮演的角色。寫武松，作者就是武松，寫潘金蓮，作者就是潘金蓮。所以寫作的態度也就該遠離了旁觀的態度或批評的態度，而成為一種參與的態度。沒有一個作者敢於自詡高出於世人之上，故犯不著自作狂妄予人教訓，或自欺欺人地為世人指出一條光明的大道。眞正有益的教訓是生活中的自我教訓與反省，包括作者與讀者二者在內。光明大道也須由人自行尋求。

如果文學的目的不在警世喻人，那麼文學又有什麼目的呢？我以為正如其他藝術，文學的唯一目的不過在宣洩感情、表達自我，進一步求取他人之瞭解與同情而已。在較古的文學中，這種求取瞭解與同情的態度，不免雜有藝術在初民的社會中媚神的遺傳，帶有取媚於世的意味。然而在人已從神的威權中解脫了出來的今日，藝術文學的創作也就溢出了向外求媚這一衝動，而成為一種較獨立的自我表現。

在最近的一個世紀，隨了工業的發展與個人生活的孤立，文學在發展上呈現出一種由外而向內收斂的趨勢。因此文學上所素重的描態摹狀的技巧亦漸爲蓬勃自發的感性流露所凌越。從這一點看來，文學在創作的態度以及表現的方式上倒要與音樂、繪畫等藝術匯流了。

如果人的社會關係、人際關係沒有從舊有的範疇中解脫出來，蛻化出來，現代的文學也不會從社會之廣進入人心之深，從理性爲主轉化爲感性爲高。這種現代文學上的新形貌，實在也就是現代人孤絕感的一種藝術上的反映。因此世界上最近這幾十年的文學，不但不同於上一個世紀，甚至於與前幾十年相較，也有一段很大的距離。前人之不可師，不在其藝術上之成就過於高大，不可企及，實乃由於時過境遷，前人所依附爲藝術創作之種種關係已不復存在，後人之創作自須從當下的土壤中培育起來。如現代人的心理情貌多半是孤絕的，那麼在文學作品中也就難以拋卻孤絕人的形影了。就如卡繆（Albert C amus）的彳亍於北非的異鄉人，不獨是戰前法國人及其他歐洲人的心理縮影，抑且是在工業化的社會中疏離了的他鄉人的共同的心態。若就這一點而言，我的《孤絕》小說集中所寫的現代人的心貌與處境，則竟不必爲其所處身的城市或國家所限。實際上現代人不管處身何地，都可能遭受著其中某些一般性的問題，具有著相類的感覺。

雖然這些問題只是現代人所遭受的一部分問題，甚至於孤絕之面貌也不過是從一種觀點而來的印象，但我竟想不出如何描繪全貌的方法。一個作者不但受著一般性的生理感官的局限，也必定受到時、地及個人經驗的局限；企圖超越這種樣式的局限，恐怕是妄費力氣的吧！其實，我覺得這類的局限不但不是創作上的障礙，反倒正是在創作上所可附託之處，也是創作上所應具備的條件。譬如我們觀察一棵樹，在同一時間同一地點便無法看到樹的四面。即使我們繞行這棵樹一周以後，仍不能獲得樹的全貌，因爲我們之所見與進入樹身的蟲蟻或盤旋樹蓋的鳥雀仍是兩樣。縱然我們更進一步取得了蟲蟻與鳥雀的觀點與感覺，仍不過只是樹的外觀而已，怎能說已經把握到樹的本質了呢？看到樹的四周的人來笑看到樹的一面的人，也不過是以五十步笑百步而已。如果我們竟企圖把握這棵樹的表裏實幻的全質全貌，我們不但得不到這棵樹的明確形貌與概念，必定也終將失去了有限的自己。沒有了作者（雖然是有限的），還有什麼藝術作品可言？所謂藝術，大概都是局限中的產物，正如人生無不是局限在某歷史的過程中。這恐怕是不容爭辯的事實。因此，只要把一種觀點透澈動人地表現出來，應該就是值得令人欣賞的作品了。我這樣說，只是說明我自己努力的方向，倒並非以爲自己的作品已經達到了透徹而動人的水準。

海鷗的遐想

我坐在沙灘上，面對著千頃碧波，在五月末明麗的驕陽下，看海鷗翩飛，此起彼落。

據說海鷗有一種本能，不管在多麼遼闊的海洋中，在多麼惡劣的氣候下，都不會失去方向，最後都會本能地飛達岸邊。可是我們人類呢？我們有沒有這樣的本能？即使有，我們的岸又在哪兒？人類的前途似乎只是一片無邊無際的汪洋，我們心目中所認爲的海岸，常常只是一種假象，就在我們努力朝前駛近時，海岸已隨了我們的前進而遠揚。我們仍在茫茫的大海之中，我們是一群永遠達不到岸邊的海鷗！

我們不可能有一定的方向，因爲沒有一個固定的海岸在等候著我們，因此我們就有絕對飛翔的自由。同時我們又不免心懷恐懼，不知何去何從。這種先天的處境形成了我們人類兩大根性：自由與恐懼。二者皆因前途之無限而生。我們的問題就是如何解脫根植在我們的內心中的這種原始恐懼。只有解脫了恐懼的心靈，才能靈明地運用自由翱翔的本能！雖然我們面前永遠沒有眞正的海岸，但我們的海岸就是不斷地在無限中發現新的方向，然後勇敢地向前飛行。至高的歡樂在恐懼之解除，最後的眞理乃是向無限中前進的自由；而頂大的勇氣也就是對自己所抉擇的命運負責了。

我面對著海洋、面對著海鷗，我的思想似乎離開了我自己的體殼，而附託於鷗鳥之上。一隻鷗，在一舉翮之間就變換了方位。牠在陸上、在水中、在天空。更奇特的是我無法分辨出牠們的年紀。牠們似乎一式的年輕與矯捷，竟像牠們超脫了時間的範繫。牠們總在不停地飛翔。牠在那裏，又不在那裏；在時間之中，又在時間之外。

這是誰的構想？誰的巧手塑成了如此光潔、嫵媚、精巧、靈秀、神奇、敏捷、和諧而自由的一種形象？是神？是道？抑或是天地自然運行之理？

我們可以稱之謂「神」，也可以稱之謂「道」，但我更願意稱其爲「自然」！

自然在洪冥中孕育出一種構想，此構想之生也，以條理秩序爲血脈，以堅質爲骨骼，以光影爲肌理，以張力爲精神，於是以此安排了宇宙的場景、星宿的運行，育生了萬姿千態的生命。這種巨大的偉構，在渺小的人類腦力所及的範圍內，只有詠嘆驚服，而毫無批判其得失成敗的能力。我們唯一可以假設的前提是：「這就是至眞、至善、至美，無可超越的最後的至理！」

人類在此至眞至善至美的自然的胸懷中孕育成形，從自然裏獲得了一切。基本的衣食而外，自然又給予了我們賞心悅目的旭日、夕陽、山色湖光，娛耳動聽的松濤、海韻、鳥語獸鳴，馨饗口鼻的酸、甜、苦、辣、異卉奇花，又以母親的撫抱、愛侶的狎暱啓開了我們情愛之心。如此這般，本該可以優遊終日無所用心，樂樂陶陶以盡天年。這該是何等的樂事！然而人類並不以此爲足。有一位叫做納爾西色斯的先祖，臨流一照，發現了世間一個最眞最善最美的形象：那就是他自己。從此人類便注定了自賞的命運，情願從自然的樂園之外來建立一個人間的天國，義無反顧地背叛了自然的恩賜。

如果這種西色斯的心理與行徑本也在自然的企劃之內，那麼這種對自然的背叛便也不曾超出了自然的原始意圖。

自然把人類的命運交在人類自己的手中。自然對人類的無限寬容與放縱，正是人類小小的腦筋所可以想像與理解得到的超人間的至愛！如果人類不領此至愛之情，不在自然的寬容下任性放縱自我，也許反倒辜負了自然之立心，更無從彰顯自然之至德。如今，正由於人類的背叛與驕縱，才益發顯示了自然的無限寬容與愛心。如果人類因此而自毀，便也在自然的愛的包容之中。所以說至愛無愛！

然而人類是如何地背叛了自然呢？

人類的另一個先祖燧人氏和他的兄弟普羅米修斯從自然那裏竊來了火。因爲有了火，人類才具有了反自然的力量。如果說自然是人類的母親，人類竟企圖舉起從母親手中奪的火，燒盡了母親的毛髮。自然的母親仍然沉默地寬容著人類的這種逆行。這種逆行應該也在自然的原始企劃之中，因爲如沒有愛的叛徒，又何以知愛之爲愛？所以說叛愛也是愛！

人類的另兩個先祖有巢氏和倉頡，一個模仿自然之隱蔽構造了居室，另一個模仿自然之鳥獸足跡創製了文字，以「人爲之假」來對抗「自然之眞」。這種模擬造作，也並不出乎自然的原始企劃之外，因爲如沒有此人爲之假，便難彰自然之眞，所以本眞有假。

人類又有兩個祖先堯與舜，企圖樹立人間之德。從自然的眼光來看，這種在有限的肉身與狹隘的心靈中所建立的德行，只不過是一種僞德。僞德即惡。不過這種惡德既爲人類所好，也正在自然的企劃之中。沒有僞德之惡，便也沒有純德之善，所以說至善容惡。

人類還有一個祖先西施，以捧心蹙眉創立了人間之美。這種人間之美大異於自然之美，因此走獸見之而卻走，飛鳥遇之而高飛。捧心蹙眉的怪態，從自然的觀點來看便不是美，而是醜。無奈這種醜卻是人類醉心追求之美。人既以此爲美，亦非出偶然，也該包容在自然的原始企劃之中，所以說原美兼醜。

人類對自然背叛的證據，可說是數不勝數。總而言之，人類的文化正是人類背叛了自然之後所建立的一種自然的對立體，雖仍在自然的企劃之中，卻已在自然的原始樂園之外。如果說未經人爲的自然本體代表了至眞、至善、至美，那種與自然對立的人爲文化便代表了至假、至惡、至醜。然而眞與假、善與惡、美與醜，仍不過出於人爲觀念的劃分，在自然的渾沌中本是無眞、無假、無善、無惡、無美、無醜的。就是狹隘局限如人之腦者，也可以理解到至愛中本無愛，本眞中原有假，大善中並容惡，原美中兼有醜的道理。

如果人未具有納爾西色斯的天性，也許不會如此的自愛，不會欣賞自爲的一切，而像地球上其他的動物一般安心居留在自然的樂園裏，遵循著自然的法則，樂樂陶陶以盡天年。何以自然賦予了人類如此「自賞」的秉賦？宗教家告訴我們這是上帝的美意，達爾文告訴我們這是「進化」的結果。何以上帝如此不公，獨獨鍾情於猴子似的人類？這是個亘古難解的謎！唯一可以理解的是，自然本賦予萬物一樣的絕對「自由」，而人是萬物中最任性放肆地利用了這種「自由」的生物。

對這種任性放肆的行徑，人類並非毫無自覺。因此一旦背叛了自然，從自然的樂園裏自我放逐出來以後，人類便產生了一種自疚的心理，對自然所賦予的這種絕對的自由便懷起深沉的恐懼之心：一面不能自已地企圖利用這種自由做無限的探險，一面又害怕違逆了自然的企劃而步上自毀之途。這種本根上的矛盾，顯示在所有的人類文化中。因爲人一旦脫離了自然的樂園，便眞如與自然隔絕了任何直接的溝通，所餘的只有猜測與假想：自然有愛於我（天地厚生以德）？自然無愛於我（天地不仁以萬物爲芻狗）？自然所給予我們的自由是絕對的？還是有限的？我們是否有權對這種自由盡力使爲？我們的想像力、創造力都是自然所賦予的，我們是否可以任其自由地發展下去而不加以限制？這許多許多的問題，數千年來盤亙在人類的腦中，苦惱著人類。累世的宗教家與道德家屢屢地發出嚴正的警告，企圖範圍人類的想像與創造，企圖限制人類的舉止與行爲，然而竟不能爲功！人類就像一群頑劣的兒童，置所有貌似善美的告誡於不顧，仍然一味地驅向絕對自由的發展境地。因爲向無限中探險的誘惑實在太大了，因爲自然的至愛實在太可以信託了，好像無論多麼的放縱與自肆都不可能激怒自然而受到嚴酷的懲罰。人類並非不怕懲罰，但權衡得失，以絕對的自由來換取可能的懲罰，也並非是不值得一爲的一件事。這正是由自然秉賦而來的人類的勇氣，自然又有何言？然而根本的邏輯乃在：人類如不用此絕對之自由，便無此自由！無此自由，便無此人類！無此人類，便無此自然！

人類只有在肯定此自由時，才可以肯定自我；只有在肯定了自我，才可以肯定自然。只有在肯定了這一連串的關係時，才可以建立起一條與自然溝通的橋梁，才可以彰顯人生的價值！

人，在失去了自然的樂園的今日，唯一可以經營的便是人間的樂園。雖然這一個樂園取著與自然對立的姿態，但卻也是在自然的默許允諾之下發展起來的。在這樣的一個基礎上，才顯現了人爲的意義，才可以來談論人間相對的眞善美，才可以談論藝術與文學。

但是面對著自然，面對著翩飛的海鷗，我便不能不感到心縮而氣餒。我似乎感悟到我夜以繼日嘔心瀝血的經營，有多麼的渺小與微不足道！莫說我，就是李、杜、雪萊、里爾克的詩篇，莎士比亞、莫里哀、契訶夫、白凱特的戲劇，曹雪芹、福樓拜、左拉、屠格涅夫、卡夫卡、普魯斯特、喬埃斯、卡繆的小說，甚至於全部人類腦力的結晶，如何比得上一隻正在翱翔的海鷗！但是在低頭自視時，在我把自然的鷗鳥化作心中的鷗鳥時，我才體味到人間的價値、自身的價值，以及我之所作所爲的價值！

在懷著恐懼與自疚之心的人類的藝術與文學，無不起於對自然之模擬。但基於天賦自由之運用和納爾西色斯的自賞的天性之發揮，人類則不甘願止步於對自然之模擬；人類企圖有所獨創，也勢必有所獨創。這獨創之眞與自然對比，可能是假，但就其本體而論卻是眞；這獨創之善與自然對比時，可能是惡，但就其本體而論卻是善；這獨創之美與自然對比時，可能是醜，但就其本體而論卻是美。因此眞善美的標準不在自然，而在人心。

我們也可以想像到人在對自然樂園的懷念和向無限探險的誘引之間所存的永恆的猶豫與矛盾，所以在人類進化的過程中，時時有回歸自然的呼聲，也時時有自由馳騁的壓力。這種感受特別鮮亮地呈現在藝術家與文學家的心田中。然而時至今日，沒有一個藝術家或文學家眞正響應了回歸自然的呼聲。如果眞正響應了，便不會再有任何藝術與文學創作的衝動。一想到任何嘔心瀝血的作品，竟比不上自然魔指下的一草、一木、一蟲、一鳥，形態比不上，結構肌理比不上，神韻生機更加比不上，如此一比還有什麼創作的慾望與創作的目的？倒不若乾脆去修道參禪！所以眞正響應了回歸自然的呼聲的，是那些修道者與參禪者，而不是藝術與文學的創造者。後者是受不住向無限探索的誘引而放縱了可資利用之自由的一批人。

基於以上的分析，可知藝術與文學的目的，並不在回歸自然，而實在是對無限自由之追求，藝術與文學均要求在此追索中創生出一種原不曾存有的境界。這種境界可以帶給人類一種新鮮的滿足，或者啓發出一種新鮮的感覺，因而促生對進一步滿足的索求。這是種與宗教家「慾也無涯」的警惕適得其反的路程。

以前人們對藝術家與文學家最大的誤解，是認爲他們揭開了大自然的奥祕，引導我們更瞭解更接近了大自然。這是一種完完全全謬誤的想法！如果確係如此，經過了數千年無數偉大的藝術家與文學家的導引，我們早該又回歸到自然的懷抱裏，可是事實上，我們卻是離開原生的自然越來越遠了。所以，可以肯定地說：沒有一個偉大的藝術家或文學家領導過我們去接近自然。眞要想接近自然，我們盡可以自己跑回自然的懷抱裏去，不需要任何人的導引，因爲世界上再沒有比回到自然更近的路程。事實上，在不同的文化和國度裏，也確然不時有人做出回歸自然的嘗試。這樣的人絕不會跑進博物院或圖書館裏去尋求自然！而且他們把什麼藝術家、文學家一類的人都看得一錢不值的。然而，大多數的人並沒有如此的解悟，他誤以爲唸誦了幾首謝靈運或王維的詩句，就等於回歸到自然的懷抱裏去了，他們誤以爲通過了人間幾個具有創造力的心靈像盧騷者，就可以獲得了對自然的瞭解或返歸自然的良方妙計，殊不知他們是上了大當了。在藝術家和文學家的心田中所反映的自然，只是自然的一個虛影，而實際上卻是這群喜愛探險的人在心靈中所獨創的一種境界。這種境界愈是新穎，愈是不肖於任何既存的境界，對人的啓發就愈大，也愈可能使人誤解到他揭露了什麼既存的眞理。實際的情形恐怕是與既存的眞理又遠了一步了。

換一種方式來說，如果我們把原生的自然視作爲一種既存的至高的和最後的眞理，那麼世間就不會再有第二個絕對的眞理，這是邏輯上很容易理解的事。那麼藝術家和文學家所創造的只能是相對的眞理，無須乎狂妄地向絕對的眞理挑戰。這些人存在的價值即在於他們這種創造相對的眞理的能耐。柏拉圖就曾把這種創造相對眞理的能耐誤解爲一種對自然的模擬之模擬，主張把詩人從他的理想國裏放逐出去。我們現在卻要把柏拉圖一類的人從詩人國裏放逐出去，因爲他們不配住在詩人國裏！

藝術家與文學家所創造的既然只是相對的眞理，所以也就產生了相對的眞假、相對的善惡與相對的美醜，衡量的標準只適用於其所創造的世界中。如果現在我們以「作家」一詞代表所有有藝術創造才能的人，那麼每一個作家就都可以爲人間創製一種個別的境界。這些境界可以是互相關聯的，也可以是各自獨立的，但必須創製出一種境界，才配稱爲一個作家。這也並不是說一個作家不能繼承任何傳統。傳統自然很有應用的價值，但所繼承與借取的只能是組成新境界的某些方法與素材，而不能是主要的精神，更不能是境界的整體。此之所謂藝術貴在獨創。

獨創自然並不意指閉門造車式的創造，而是由生活經驗中提煉而來的。每一個作家都具有相當的生活經驗，有的經過戰爭的慘痛，有的經過愛情的纏綿與破滅。不管什麼樣的經驗，都自然會引起了一個作家情緒上或激或緩的反應與波動。因爲時地的交錯，人與人之間不可能有完全相同的經驗；又因爲人生而異稟，也不會有一個人情緒上所產生的反應與波動完全同於他人，因此，一個作家便自會產生一種異於具有不同經驗與不同反應的其他作家的感受。這種特異的感受，便把一個作家納入了一種與當下環境交感的特定情況之中；這種特定的情況，就是一個作家創造其獨特境界的主要泉源。如不在此泉源中汲取靈感，反追逐於自我感受以外的他人的境地中，便是抄襲；如不在此泉源中汲取靈感，只任意地憑空虛構，便是閉門造車。

我們知道中外歷史中迷失在抄襲中的作家很多，迷失在向壁虛構中的作家也不少，二者皆出於不能面對自我的結果。前者失在缺乏自信，不相信自己的感受有足夠引起他人興味的價值，後者失在沒有勇氣面對自我的問題，結果只可向人扯謊。

雖說人與人之間的感受基本上是相異的，但這種差異有時只表現在極細微的分別上。然而不管多麼細微，對一顆敏感的心就是難以忽視的大事，此之所以作家異於常人之處。另一方面，人又具有了許多基本的共同反應與感受，如飢則思食，渴則思飲，對痛苦之畏懼，對歡樂之追驅等。由於這種種共同的基本反應，才使人與人之間有溝通交感的可能，也才可以接受超出於自己經驗範圍以外的他人之感受。結果是通過了他人之獨特感受，擴展了一己感受的範圍，也就等於擴展了一己的時空和生命。這是觀賞者受益於作家之處。一件作品即因作家的感受而始，最後經觀賞者感受範圍的擴展而獲得完成。作者與觀賞者之間的關係，具體地說，即是一種心靈的入侵與被侵的關係。假作家（包括抄襲與閉門造車之類）只是一個侵略者，因其或根本沒有一己之感受，或有感受但不肯不敢表露之，於是只可用自己之嘴說他人之教，結果只會侵略觀賞者的感受而已。眞正的作家是把自己的感受獻示於人，供觀賞者的自由入侵。如果觀賞者願意而能夠接納此一感受，則觀賞者與作者因此化而爲一。所以作家者流，就是那類甘願呈獻出一己之心靈感受由人自由入侵的人，也是甘願與人同化的人。

境界原發自感受，卻不能只因感受而完成，境界之完成須借助於巧思與巧手。巧思與巧手都必須經過長期的學習的過程，都必須從試驗的努力與錯誤的沮喪中獲取經驗。譬如一個舞者的自由蹁躚是從無數的顛躓中得來的。巧思與巧手是一種無限的追求，即使一個大匠在創製一種境界時也無能避免錯失與缺陷，因此十全十美的境界是客觀上並不存在。但每一個作家卻都具有追求十全十美之心，作家們在這種心向的驅使下，都企圖以最完美的境界來表達其獨特的感受，因此，一個作家在反映其感受時是歡樂的，但在創製其境界時卻是痛苦的。創作的過程便是一種痛苦與歡樂交織的過程，具體地說，作家的創作正與孕婦生育時的感覺相類。

一部新生的作品就如一個初生的嬰兒，不但延續了既存的生命，而且承擔了從舊生命中突破的責任，也就等於是一種異於既存的新生。新生命的傾向不但是外在時空的綿延與擴展，也是內在意識層面的開拓。人類的意識層面比之於潛意識與無意識，猶如大海中之一粟。內在的潛存意識正如外在的宇宙一樣的遼闊，一樣的充滿神祕不可思議的境地。所以一個作家翱翔的方向不止是外緣的，也是內緣的。然而宇宙與意識層本是一體之兩面，外緣的無限與內緣的無限終歸爲一。

在無垠的宇宙間，人類是感到自身的渺小、無助與不具任何意義，在自然的面前無法不懷抱著那種原始的恐懼。然而自然所賦予人的最大的恩寵，卻是使人類有超脫這種恐懼的自由，也就是使人類不由己地滋生了超脫這種恐懼的自由之自覺。

所以，一個人在無法解脫內心中的原始恐懼時，在生活中便不會有突進的自由。一個作家在無法解脫心中的原始恐懼時，便無能自由運用一己的感受。沒有自己的特殊感受，縱有巧思與巧手，也無所施其巧。因此，解除一己的恐懼感不但是每一個人應該要做的事，更是一個作家的第一要務。然而這種人所共有的原始恐懼，常常化爲兒時的夢魘，以不明確的形態潛伏在人的潛意識層裏。因爲夢魘的形成多半聯繫到沉重的傷痛，就更不容易觸接與解脫，正如沒入骨肉的枷鎖，解除時需要忍受巨大的痛苦，因而有不少人甘願終生忍受枷鎖的範繫，而無能或不肯面對解脫的痛苦。這卻是每一個人自己的事。你既有解脫的自由，也有不解脫的自由，沒有人可以幫助別人解脫枷鎖。一個作家的感受常不過是表現了這種自解的過程，是成功還是失敗，只可以做爲一種榜樣而已。

解脫了枷鎖的心靈，才能發揮自然所賦予我們的自由翱翔的本能。人類從自然中來，卻無能再回歸到自然中去，正如嬰兒從母體中來卻不能返回母體中去一樣。人類心目中的眞善美，也早已從自然中脫穎而出，化作了一種理念。理念中的眞善美，在邏輯上就是種永不會達到的理想，人也就因此做著永無止境的追求。人類這種以囿於有限時空的生命向無限中所做的無限的追求，就可以把有限在當下化作了永恆，人生的過程因而沒有一刻不是同時具有了有限與永恆的雙重性。人類在自然中超越了向自然之模擬而進入創造之境，不但創造著文學藝術，也創造著人類自己的命運。

沒有一種有力的理論可以阻止人類掌握自己的命運，因此也沒有一種文學理論可以阻止一個作家做更新穎的嘗試，也沒有任何教條可以約束得住作家趨向自由的心靈。

在我自己的創作生涯中，我所努力的，不過就是解脫我自身的枷鎖。我有一種自覺，就是覺得人的生活不該是目前這種僵挺的模式，人活在這個世界上，應該像水中的魚、空中的鳥，人的言談應該像歌唱，行動應該像舞蹈，每一個姿態都是一幅繪畫。現代的舞蹈家、音樂家、繪畫家就正在爲人類摸索另一種生存的模式。對文字的藝術，我希望像一種舞蹈、一種波流的樂聲，像魚之游、鳥之飛，不但其意象，其文體也該如是。

如果你問我作家的價值在哪裏？我說在自由那裏！如果你問我人生的價值在

哪裏？我也說在自由那裏！沒有自由，也就沒有作家！沒有人！作家的心靈，所有人類的心靈就是一隻隻光潔的海鷗，在清風麗日的汪洋中向著永不會到達的海岸自由而勇敢地飛翔！

原刊一九八四年五月十八—十九日《聯合報副刊》

象徵文學與文學象徵

我不是一個敝帚自珍的人，平常對已發表過的作品，不忍再去重讀。我們都在時空的局限中生活，時空一變，心境也隨之改變，於是情感改變了，思緒改變了，意念也改變了。這時候面對自己過去的作品，所見到的常常只是其中的瑕疵和缺點，便覺得與其對過去沉湎回思，不如另闢蹊徑，再開創一個新局面出來。

但是這次對《海鷗》集中所收的作品卻懷著兩樣的心情。在時間上《海鷗》中的第一篇〈癌症患者〉（原收入一九七五年中國時報出版公司出版高信疆編《當代中國小說大展》中）寫於一九七四年，最後一篇〈奔向那一輪紅艷艷的夕陽〉（原載一九八二年十二月出版姚一葦編「現代文學」十九期）則改寫完稿於一九八一年，前後相距七年之久。在這七年中寫過不少短篇和長篇小說，其中有一個最大的主題，就是對「自由」的追趨。在這許多長短篇小說中，只有《海鷗》中所收的幾篇，對這一個主題，作出了具體而形象化的象徵。做爲另一次實驗性的作品，這幾篇小說涵蓋了七年中我在文學創作上所做出的努力。因此我自己曾一再重讀，藉以面對那個時期中蘊藏在自己意識潛層中的一些模糊而黝黯的陰影，深覺得小說中的象徵形象，只不過是深不可測的潛意識的汪海大海中所偶然浮現的一點可資啓發辨識自我存在的靈明。

象徵主義的早期詩人，自一八八六年在法國《費加羅》（*Figaro*）日報上發表宣言以來，總給人一種頹廢者（decadents）的印象；這種印象毋寧來自此一群反成俗的年輕人當日自取的一種反諷式的稱號。但時過境遷，他們的叛逆行徑早已埋藏進歷史的塵埃中，只留下經時光篩濾而來的金珠詩句。

其實，文字本身就是一種符號。抽象的符號所涵蘊的意念與具象的圖景所象徵的內涵，具有同等的意義。因此，廣義地說，文學是一種象徵性的藝術媒體；也只有在象徵的層次上才更能夠完善地達成文學的藝術使命。以模擬爲出發點的寫實主義，到了後來便顯露出死寂泥椗的缺陷，因此後期寫實的作品，無不與象徵主義合流。晚期的易卜生如此，契訶夫如此，魯迅一開始就如此，喬艾斯是如此，當代的讓・惹奈（Jean Genet）也是如此。所以文字的藝術，從先天上便決定了貴在創造而不尙模擬的天職。所謂創造，指的就是「意象」（圖景）的創造、「意義」（文字）的創造和「意境」（情韻與風格）的創造，三者均與象徵有關。這是種一代代永不會停歇、也永不會涸竭的藝術上的追求，也就是所謂“Le symbolisme qui cherche”。

但是象徵主義的末流則不是「意象」、「意義」和「意境」的創新，而是象徵符號的濫用，換一句話說，不是運用象徵從事文學藝術的創造，而是對前人象徵符號的模擬，一再把習用的「意象」、「意義」和「意境」重複復重複，而不能在意象上創製新象在文字上創製新義，在風格情韻上開創新境，那麼便容易把象徵的文學驅入了一條無路可出的死衚衕。

如果文學本具有象徵的意蘊，便只有在具體的意象中才更容易體悟出抽象的內涵。屈子的倚詩取興，引類譬喻，固然心有所寄，難以直言，長吉、義山的意隱而辭彰，則是對文學藝術的有心探索。但丁曾言：

No object of sense in the whole world is more worthy to be made a type of God than the sun,（Convito III, 12）

即因太陽比世間任何事物都更具體可見，而神明卻是神祕不可測的。那麼對潛意識層面的發掘和無以描摩的情境的呈露，捨文學象徵，便無能為力了。

因此之故，《海鷗》中的幾篇小說，都以海鷗做為某種潛在情意的表徵，而共同的徵象則是超越自我地對無限自由的嚮往與追求。種種共同的明確的符號所傳達的訊息是有意而爲的，自不能涵蓋其他無意而爲的較爲隱晦的象徵，所以海鷗這一具體的形象既是一個做爲溝通媒介的明顯的符號，也是一句神祕的無能即時解悟的暗語，指向了意識層面以下的深不可測的淵海。作者與讀者都會失身湮沒在這渺茫無垠的淵海之中。然而這裏才是所有過去的、現在的和未來的作者從事創作的共同源泉。

在這一層意義上，文學永遠是象徵的藝術，而也永遠不會捨棄象徵的功用。以頹廢聞名的象徵主義文學雖已成爲歷史的陳跡，但文學中的象徵卻永遠長存。

（《海鷗》小說集由爾雅出版社出版）

原刊一九八四年五月十四日《聯合報副刊》

現代人的困局與處境

這是馬森先生應「中華文化復興委員會」之邀，於一九八四年五月五日下午三時所做的一次「文藝講座」。馬森從現代人面臨的種種困局及自身之處境，談一位文藝工作者表現於作品上的風貌及反應。

以下便是演講的內容大要。

各位女士，各位先生：

我今天非常榮幸，有這個機會到「文復會」來向諸位先進請教。

我離開國家已經有二十幾年了，中間雖然有幾次回國，但時間卻很短暫。回來後發現國內變化之大，令我非常意外、驚喜！不論在經濟建設、文化建設等各方面，都比過去有長足的進步。過去有人歎息我們這裏是文化沙漠，但是現在不同了，應該說是文化的綠洲了。各種表演活動、文學成就都很大！這些都是這二十多年來大家努力的結果，才會有今天欣欣向榮的景象。

今天我所談的「現代人的困局與處境」，將從文學的角度，看社會的問題。

他變成大甲蟲

首先，我先講一個大家也許已經熟知的故事。

一個年輕的小職員，早上起床一睜眼，忽然發現他已經變成了一隻大甲蟲。他的背變成硬硬的甲殼，腿也成了細細的肢節，他在床上想翻個身都沒有辦法。當然啦，他充滿了焦急和煩躁。起初他還想也許是在做夢，但卻證明了這是事實。他無法說話；雖然到了上班時間了，他的父母、妹妹著急的敲他的門叫他起床，他也無法回應。連他公司的老闆來找他了，他仍然無法動彈。最後，他們打破門來一看，才發現他變成了一隻大甲蟲。

這個就是卡夫卡很有名的小說《蛻變》。

在這個很奇特的故事中，一個人怎麼好好的變成了甲蟲？當然這是有其象徵意義的。它比喻人在某種處境中，因爲受到外在的影響、社會的干擾、家庭的困惑以後，人就會發生改變。也就是說，心理上的改變，可以影響到自己的感覺世界；內在與外在之間，會發生一種衝突。這個時候，你就可以主觀的憑你的想像說，你變成了甲蟲、動物、植物等等都好。所以這是文學作品的象徵意義，把眞實的生活放到文學裏去，用文學的角度重新來分析生活裏的問題。

卡夫卡是位猶太裔的捷克人，以德文寫作。

我們知道猶太人是個很特別的民族，他的老根在四週環繞著世敵阿拉伯人的以色列。猶太人有他們自己的文化、傳統習俗、宗教信仰，他們有很強烈的文化感，以及對自己過去的歷史感，這點與我們中國人很像；所不同的是，他們沒有我們中國人幸運，不論國土、人口都不夠大，不夠多，所以很容易受到外族的威脅，甚至被迫分散到世界各地，寄居在不同的國家。雖然他們仍然保留了自己的文化、歷史傳統、習俗、宗教信仰等等，不致被寄居國家完全同化；但是在目前情況下是否還能繼續保留下去，已經成了問題。

在卡夫卡的時代，他就已經感受到這個問題。他雖然是猶太人，但寄居在捷克，就必須說捷克語、寫捷克文字；久而久之，猶太人和寄居國的人民，就外表看沒有很大的分別。就算是他有很強烈的種族感、文化感，和歷史意識，可是他也沒有辦法抵抗這個大環境對他的影響。這一點是個很苦惱的問題；這不單是令猶太人苦惱的問題，也是其他許多民族正在面對的問題。

我們中國人也面臨了這個問題。從上個世紀的鴉片戰爭以來，中國的門戶被西方的列強打開了。從那以後，中國人便失去了獨立發展的可能；在與西方打交道的過程中，不可避免的就會受到其他文化、種族的影響。站在文化本位的立場來看，這當然是件很悲哀的事情。可是怎麼辦呢？怎麼解決這個問題呢？如何面對傳統與現代化之間的衝突呢？

這也就是我們要談的現代人的困局和處境。

困局之種種

‧困局之一

就人類學和社會學的角度來看現代人的困境時，就必須提到一個人；這個人就是十九世紀英國的著名社會學家、哲學家史賓塞。

史賓塞與達爾文是同時代的人，或多或少的受到達爾文「物種進化、優勝劣敗」學說的影響，以至他的學說被後代人稱爲「社會的達爾文主義」。

史賓塞以社會學的眼光來看社會的進化，認爲社會也有優劣的區別，是逐漸進化到像當時英國那樣工業化的先進社會；而把其他的種族社會，如非洲，看成是原始的社會。根據這種觀點，史賓塞就把社會的進化分成好幾個階段，從最原始的、沒有文字的部落，進化到有組織的社會，有軍事力量的、有君主的社會；最後才進步到一個民主的、工業化的社會。

史賓塞的這種理論，被當時社會學家稱為「單線進化理論」。由於「單線進化理論」在當時有很多人信服，於是在十九世紀末期與二十世紀初期時，使很多西方國家變成帝國主義。他們認為自己才是最好的、最前進的，其他國家的社會都沒有他好，所以他有權力去征服別的國家，甚至去傳播他的文化型態給那些他認為是落後的國家社會。

然而這種看法在最近幾十年裏，已經有人開始懷疑了。特別是在亞洲、非洲、拉丁美洲等被西方國家認為是落後的國家興起以後，他們在民族情感上不能接受這種理論，在科學研究上，也發現這種理論有其不可靠之處。

依人類學家和社會學家的研究，他們認為如果有一個地區與外界不相交往的話，他的文化可以做一種獨立發展的型態，不一定從某一個階段到另一個階段。他可以在某一個文化型態當中，按照自己的方向發展下去，有自己的標準來衡量自己的行為和思想，而一代又一代、一個王朝傳遞一個王朝的繼續下去。

但是現在的問題卻是：每一個國家、每一個文化型態都不可能單獨發展；因爲地球愈來愈小、科學愈來愈進步，大家在彼此溝通之下，難免都會受到影響。根據這幾十年來人類學與社會學的研究，因而得到另一個結論，那就是人類的文化不是單線的發展，而是多線的發展。亦即某一個種族有自己的文化，如果不受外來力量的影響，他可以繼續發展下去，不一定從某一個社會，進化到另一個社會；譬如說，不一定從亞洲式的社會，進化到歐美式的社會；而應當是一種交互的影響！這也就是說，弱勢文化中必然有某一點是強勢的，可以反過來影響強勢文化。在這種交互發展的影響之下，將會成爲一種多線發展的狀態。

而不論是「單線發展理論」、或是「多線發展理論」，都是針對過去的社會說的；至於未來的社會呢？對我們而言，這仍然是一個謎。因爲我們無法預見，只能推想；面對不可知的未來，我們便會感到很大的困惑。

這種困惑對亞洲、中南美、非洲等地的國家來說，更爲厲害些。因爲他們多半處於弱勢，發展上、科技上、貿易上、外交上、軍事上等等，都不如西方歐美大國。將來他們要何去何從呢？是堅持過去的傳統呢？還是放棄一部分傳統，而採取西方國家的制度、知識、生活習俗、行爲方式呢？如果我們放棄自己的傳統，採取別人的東西，對我們來說是件很痛苦的事；可是如果不這麼做，我們又將如何在這競爭很激烈的世界中生存下去？這個也就是我們今天所面臨的第一個困局。

•困局之二

第二個困局，則是隨著工業革命帶來的。

工業革命發生在英倫三島，很快地就蔓延傳播到全世界，至今工業化是一個勢在必行的路子；沒有一個國家還能保留他原有的生活方式和傳統的生產方式。在工業革命後，固然能帶來一些好處，像是大量生產之下，使我們穿的、吃的都比過去好；醫藥的發達使我們的壽命也延長了等等。但負面的影響一樣很嚴重，例如環境污染的問題，包括了空氣污染、土壤污染、河流海洋的污染等等，在在都在影響我們生存的品質。而且，這些污染一天比一天的增加和嚴重；建築新的工廠的速度太快，而解決污染的辦法卻太慢太慢了！

又例如資源枯竭，也是工業革命帶來的另一個負面影響。資源的枯竭是因爲地球是有限的！不論是石油、礦產、森林等等，都是有限的；但是我們的開發卻一日也不停，消耗量也愈來愈大，總有一天資源都會用完。而新的資源開闢，卻仍在研究階段；這些研究是否能接得上資源枯竭的關卡，都還是未定之數。終於有一天，地球會從一個有生機的生命，變成一個無生機的東西。

環境污染和資源枯竭都是工業革命帶來的很嚴重的問題。我們雖然享受到工業化帶來的好處，卻也無法避免這些問題！怎麼解決呢？至今仍然沒有什麼辦法是具體的、立即可行的。

•困局之三

第三個困局和工業革命雖然有連帶的關係，但在發展上卻是獨立的系統；這就是科學技術進步引發的困局。

科技發展可以增加工業進步的速度，而工業進步才能繼續投資科技的發展。結果固然可以解決不少問題，例如交通便捷；但是同時也帶來了許多可怕的事情。

像是軍備競爭的問題。有許多國家都大量把科技投資到軍備的研究和製作上；而核彈的破壞力實在可怕，一旦戰爭，地球很可能因此毀滅。這些科學的成就，卻會給我們帶來很大的災害，我們能不能遏止呢？不能。因爲我們都有不安全的感覺，怕別人來攻擊，所以只好自衛。這不單是軍備競爭日趨激烈的因素，也是我們每一個人的問題。也就是說我們內在深處不安全的感覺，是科技用在軍備競爭上的一個根源。這是一個很嚴重的問題，可是誰能解決這個問題呢？沒有人！除了討論與擔心，沒有人能解決這個問題。

再如種種的醫學上的試驗，遺傳學的研究、複製人等等，會導向一個什麼樣的局面呢？是否該給予一個局限呢？還是應該放手讓他們試驗下去呢？這是一個對我們目前的存在有威脅的問題，也是一個要我們深思熟慮的問題。

此外，在電腦、機器人的種種設計製造上，固然是一種科技的進步；可是在人與機器人、人與電腦之間的競爭上，人將面對一種什麼狀況呢？科技研究的目的是什麼呢？人在此一洪流中又將何去何從呢？未來的科技究竟應該朝什麼方向發展呢？這些都是我們已經面臨的困局。

•困局之四

經濟與人口問題，是我們面對的第四個困局。

在我們的世界上，有各種不同型態的經濟；發展的結果，免不了貧與富、前進與落後的對比。當發生在人與人之間時，就會造成一個地區的社會問題，進而也許就演變成戰爭。對我們現代人來說，這種情形是一種很大的精神威脅。

隨著經濟問題產生的，就是人口膨脹的問題。

死亡率的降低，新生兒誕生速度的加快，都使得人口的增加率超過了經濟開發的指數；則這個社會的生活程度勢必會降低，並造成很多社會問題。可是如果加速開發經濟，又必然會造成工業化所帶來的種種問題，如垃圾、污染、資源缺乏等，這眞是一個令人矛盾、苦惱的問題！

・困局之五

除了上面這種種外在的問題，還有個人的問題。

在一個國家由農業社會過渡到工業社會時，無可避免的會產生家庭解體的現象；諸如離婚率的增加便是。

當家庭不再像過去那麼穩固時，個人就會走上個人主義的路子上；當個人單位取代家庭單位後，人就愈來愈孤立，孤絕與疏離的感覺因此而生。

自由與責任

從上面所談的許多困局、問題，反應到文學藝術上面是很強烈的；不論主題、形式表現等，都和從前有了很大的不同。

我舉一些例子來說明。

法國一位著名的哲學家、劇作家、小說家沙特，曾寫過一齣戲劇，叫做《無路可出》。這是描述死去的三個人，被送來地獄——一間無路可出的房間。起先他們自我介紹，坦述過去；但不久之後就彼此厭煩，愈來愈不能忍受其他的兩個人。可是有一天這個門開了，他們有機會逃出去了，但是這三個人誰也沒跑出去；因為跑出去了也是黑暗，連至少這令你討厭的、不喜歡的、憎恨的兩個人也會沒有了。因此，沙特說：你的地獄就是別人。當然，你也可以不同意，你可以認為別人是你的天堂；你有權利做另一種解釋，不過沙特卻認為他人是你的地獄。

為什麼別人會成為你的地獄呢？在我們目前這種疏離的社會，孤絕的個人中，才會發展出這種思想、看法，而表現在舞台上。這也就是二十世紀存在主義產生的原因。

由於人所面對的種種困局，使人們懷疑的追問，到底我的人生所為何來？活著是為什麼？我們為什麼到這個世界上來的？既然來了，我們又該做些什麼？我們將來的道路又在什麼地方？在人們追問這些問題時，存在主義便因此誕生了。

再舉一個法國作家卡繆為例。

卡繆也是一位存在主義的作家，同時也是戲劇家、小說家。他寫過一篇〈西西佛的神話〉哲學論文，談到巨人西西佛受神懲罰，終日很努力的把石頭推到山頂，再眼看著石頭滾落山底，他只得再來一次；週而復始，這便是他的命運。卡繆寫這篇論文的目的，就是在影射人生也是如此。人活著就像西西佛推石頭一樣，一代一代的推，而永無止境；他所盡的一切努力，都是爲一件沒有價値的事情。這也就是說，你很努力的要完成一件事情，像是要把石頭推到山頂上面。可是到頭來，石頭依然掉到山底；人生所有的努力，到了最後豈不都是一場空嗎？

存在主義的哲學裏認爲，人到世界上來的時候，我們沒有辦法做主；不知爲何而來。偶然地被拋擲到這個世界裏，可是來了以後，我們就得面對種種的苦難。因此，存在主義者認爲，你既然到了這個世界上來，你就有完全的自由來做你的決定；你有自由的選擇權，去選擇一種你要的生活！可是，你選擇了之後，你就要爲你的抉擇去負責任！這一點是很重要的。

過去有很多人都誤解了存在主義，以爲它是一種悲觀的、放任的主義，這是因爲他們沒有瞭解到責任的重要性。存在主義重視的是在自由的選擇後，要擔負起你的責任來。這一點從卡繆的《異鄉人》小說中，可以清楚的看出來。換句話說，當人在追問我們爲什麼生活的時候，我們有權選擇我們生存與否，也有對我們行爲選擇的權利。你可以選擇做一個好人，你也可以選擇做一個壞人，你可以選擇去幫助別人，你也可以選擇去破壞別人；可是，你要爲你自己的行爲負責，這是最重要的一點！不能說選擇了之後又後悔了，不肯負責；那就不是一個成熟的個體了。

那麼，存在主義能解決我們所面臨的諸多困局嗎？當然也未必。

十九世紀和二十世紀文學作品風貌之比較

十九世紀的作家與二十世紀的作家在作品的風貌上有很大的不同，但十九世紀的作家一樣不能爲我們的困局提出什麼解決的辦法。像托爾斯泰、羅曼羅蘭等等，他們認爲文學應該把人導向善性，應該負起教化的義務；這些看法對二十世紀面臨種種困境的現代人來說，卻又不夠徹底！什麼才是眞正的善？科學固然是好的，可是發展的結果，不可避免的會帶來一些惡果。宗教是教人向善的，但宗教也會製造惡果。這也就是說，沒有一種向善的行爲能保證不會導向惡果。在這種情形下，二十世紀的思想家，和十九世紀的便有了很大的不同。

當我們在追問人生的目的時，二十世紀的作家給了我們更多的自由，開放地思考這些問題。舉例來說，愛爾蘭一位著名的荒謬劇作家白凱特，曾寫過一齣戲劇，名叫《等待哥多》。描述兩個流浪漢在等待一個叫哥多的人，可是等了又等，哥多始終沒有出現。整齣戲乍看之下很無趣，可是目前在西方卻很受觀眾歡迎；因爲他們從《等待哥多》中，可以察覺自己的問題。像是我們每天和自己的親人在一塊；在一起時嫌煩，覺得你礙著我、我礙著你，但是分開了又想念，簡直無以爲處。若是不活著，也覺得沒有理由不活；若活下去呢？又找不出理由活下去，只好等未來。未來是什麼呢？當然不一定等哥多；也許等上帝，也許等後世的子孫、或是個人的成就等等。每一個人等的未來都不一樣，可是得到的這個未來又爲了什麼？未來顯然還是一個大問題。

另一個例子，是兩年前來過臺灣的著名荒謬劇大師尤乃斯柯；他寫了很多作品，也是表現出現代人的徬徨和孤絕，以及不知道如何生活的苦惱。

以尤乃斯柯的一齣作品《椅子》爲例，這在國內還改編成國劇演出，名叫《席》。在這齣《椅子》中，描述一對老夫妻住在孤島上的房子裏，四週全是水包圍著；當然這些都是象徵的，與十九世紀的寫實作品很不相同。在這個黑屋子裏，老夫妻假想著今天有客人來，好發表一項他們認爲對人生、世界都是很重要的信息。於是他們假想著來了一位客人，就搬一張椅子；於是舞台上的椅子一把把的增加。不久，舞台上就充滿了椅子，看起來好像很熱鬧，其實只有這對老夫妻而已。最後，他們僱來替他們發表重要信息的人來了；他們便自認工作完畢，於是從窗口跳出去，觀眾便聽見噗通的落水聲音。而那位宣布重要消息的人登台後，他一張口，觀眾就發現，原來他是個啞巴，什麼話都不會說。戲到這裏，就結束了。

這齣戲給我們許多啓示；像這樣的文學戲劇，表現了我們生活的困境，這是二十世紀作者與十九世紀作家很大的不同之處。十九世紀的作家常把自己看成是很重要的人物，他自認是一位預言家，或是一位人類的導師，他要站出來告訴你什麼是對的、什麼是錯的，他要爲人類指出一條可行的道路；二十世紀的作家便不會這樣了。

現代文學反映了什麼

由於資訊的發達、教育的普及等因素，使得一般民眾的知識水準提高了很多。換句話說，在讀者與作者之間，在觀眾與劇作家之間，他們的教育水準相差的並不太多。你有什麼資格去教育讀者、觀眾？去做他們的靈魂的工程師呢？所以，二十世紀的作家是比較謙虛的，他們站在與讀者、觀眾同等的地位上，來表現他的苦惱，呈現他的問題，好向觀眾或讀者要求一種同情心和瞭解，而引起共鳴，溝通人與人之間的情意而已。所以，文學的目的已經和以前有很大的不同了。

二十世紀裏，一個比較成熟的作者，他會把讀者或觀眾也看成是位比較成熟的人；所以他知道，這些讀者和觀眾禁得起衝擊、體念他的牢騷與苦惱。他可以把他的問題提出來，讓大家共同思考；他不會掩飾他的問題，也不會掩飾他的痛苦，他認爲這樣做，才是尊重他的讀者和觀眾。而讀者和觀眾也認爲這樣的作者，才是成熟的作者；他沒有關起門來寫白雪公主給我看，他是把眞實人生的問題寫出來給我們看！他把今天我們所面臨的種種困局和痛苦，放到我們面前給我們看，大家共同討論、共同思考這些問題。這就是二十世紀作家比十九世紀作家成熟的地方；這也是我個人的一種看法。

今天的文學作家或戲劇作家，有幾點特色：第一他不會去教化別人；第二，他面對種種問題時，自己並沒有答案，他自己也是迷惑的，也是在困局之中的人，不能爲別人指出一條道路來。

雖然他們不能爲讀者們提出什麼解決方案或答案來，但是透過他們的作品，給了我們啓發，增加我們面對問題的勇氣，使我們潛在意識裏的創造力得以發揮。這也就是說，作者把問題提出來，至少使我們想一想，要不要解決這些問題？而在思考的時候，我們便感受到力量來了，我們便覺得我們可以創造一些東西。這也就是對作者有呼應的讀者或觀眾，在呼應的過程中參與了文學作品、戲劇作品的創造工作！而這一點，也正是我們現代人在面對種種困局時唯一的希望；而這唯一的希望，就是大家彼此砥礪、啓發新的創造力量！

原載一九八四年六月《新書月刊》第九期

我寫《北京的故事》的前因與後果

轉眼間文化大革命已經過去十好幾年了。文化大革命進行到高潮的時候，我正在墨西哥學院東方研究所教書。我雖然身在千里之外，可是日日看到報上的報導、聽到廣播電台的廣播，無不是一些令人錯愕和心驚肉跳的消息，好像所有居住在大陸上的中國人都忽然間發起狂來。當政的領導人今天這麼說，明天又那麼說，十分地語無倫次。人和人之間簡直像大饑荒時候吃人肉吃紅了眼的野獸，你瞅著我，我瞅著你，心中盤算著如何把對方吞下肚去。年輕人更不得了，在受了數千年文化性壓迫的積憤下，恨不得乘機把鎮在頭上作威作福慣了的老年人一口氣打入十八層地獄。於是乎學生打死老師的日有所聞，兒女鬥爭父母的也時有所見，下級鬥上級更是標準的「紅衛兵」作風，終於把中國大陸捲入了一場史無前例的狂風暴雨之中。眼看著自己所自出的國土幾乎成了人間地獄，每日想到爲自己的想像力所誇大了的同胞骨肉所遭受的折磨，在感覺上更甚於自己身受。當日精神上所受的震撼之大，今日回想起來仍不免有股戰慄之感。那時候沒有使我因此精神崩潰，也可說是件僥倖的事。

在這樣的感觸下，我又能怎樣來理解、來描繪如此噩夢也似的現實？我幾乎完全無法動用我理性的分析能力，唯一可資憑藉的只是我的直感直覺。我自己不但是生在中國的土地上，而且是在中國的文化薰陶下長大的。中國文化中所積存的種種問題、中國歷史上所延續的病痛、中國社會中所承繼的風習成見，都具體而微地貯藏在我自己的心胸和血脈之中。如果說有這麼多的中國人會忽然間發起狂來，我又怎能脫身事外？我實在無法推說我不理解，我無感覺。中國人的思想，中國人的行爲，不管呈露出多麼荒謬與乖戾的面貌，我焉能推說與我無干？即使當時我無能做出客觀而理性的分析，但我的直覺卻告訴我，我是眞眞體會到這場噩夢的血脈來源的。

可是一旦要把這種種感覺化作一種文字藝術的形式，我卻不得不有意地與自我保持了一種距離。因此，當時我開始寫《北京的故事》，文字上用的是法文，形式上用的是寓言。

這一組故事前後寫了將近一年的光景，晚於另一組法國的故事和《生活在瓶中》，與我數年前出版的《獨幕劇集》約莫同時。當時每寫成一個故事，都與安妮進行討論。安妮是一個直感特強的人，她時常提供給我既中肯而又出乎意外的提議和批評，使我從她那裏得到了不少靈感與啓示。

法文的清稿似乎完成於一九六八或是六九年。當時我曾拿給安妮的一位在法國相當有名氣的寫小說的朋友過目。這位小說家看完後很爲激賞，立刻寫了一封熱情洋溢的介紹信交給了爲她出書的一家很有名氣的出版社。可是那家出版社的編輯們在審閱稿件之後，以爲是翻譯的作品而沒有接受，使我覺得我寫的法文畢竟是隔了一層，才會使眞正的法國人當成是譯文，從此也就挫折了我用中文以外的其他語言創作的勇氣。後來我將一個副本寄給了老友李克曼，請他不客氣地告訴我文字上的問題。誰知他太客氣，在以後的通信中始終沒有提出直接的批評意見，使我更以爲是他不好意思指出我文字上的缺點。直到大概七〇年初，法國有一位出版家想在香港辦一份中法兩語的雜誌和出版社，看中了這一組法文的《北京的故事》，請我改寫成中文以後以中法文對照的方式出版。在我還沒來得及動手改寫的時候，這位出版家的計畫已胎死腹中，於是乎《北京的故事》又擱淺了。到了大概是一九七四或七五年吧，我才用中文改寫了其中的幾個故事，在香港的《明報月刊》上發表。發表以後並沒有引起什麼特別的注意與反應，使我覺得不是香港的讀者不愛看這樣的作品，就是作品本身有問題。我畢竟沒有親身經歷到文化大革命的衝擊，這樣的題材應該留給像陳若曦這種有切身經驗的作家來寫。後來香港的文友都以爲那幾篇有關北京的故事乃出自流港的大陸作者之手，才使我多少有些安慰。但另一方面，我也怕由於自己的過度敏感，是否會誇大了中國文化的、政治的以及社會的病症。因此之故，原稿就一直壓起來了，不曾再動手改寫。

直到最近我親身接觸到文革所遺留下的種種使人傷目酸心的遺跡和資料，我才覺得在《北京的故事》中所直感直覺到的種種現象與問題，不但沒有誇大，恐怕還不及眞正實況的千萬分之一。所幸的是我的直感與直覺並不曾欺妄，其中有些現象是大陸的作家因爲身陷其境反倒見而不怪的，也有些現象是大陸的作家感覺到而無法形之於文字的，那麼我們海外的作家在地利與天時的優越條件下，也就不該以現實的利害而推卸掉作爲一個作者的爲歷史作見證、爲文化啓新端的責任了。

我說有些中國社會與文化的現象是大陸作家見而不怪或感覺到而無法形之於文字這句話，心中實在存有十分的沉痛與惋惜。大陸上本該有很多感覺銳敏、才華橫溢的作者，但一方面由於中共的封閉政策，使大陸的作家沒有接觸外界、體驗不同社會文化的機會，不能比較各種文化與社會的異同，又怎能輕易跳出一己主觀積習的局限?另一方面,由於中共實施文藝爲政治服務的強制手段,鼓勵教條式的文藝,壓制任何自發的創新與立異,在這種環境下作者又如何保持及發展其先天的感性與創造力?我們知道,在抗日戰爭期間,由於作家們自動自發地把文學附屬於抗戰的任務,尚且使文學一度一蹶不振,未能產生出幾部及格的作品,何況今日中共的文藝政策是強加於作者頭上的!作家也是一個人,也有他物質的需要和在恐懼下戰慄、在威迫下屈服的種種弱點,我們又豈能苛責過去大陸的作者滿口教條、忽視感性,未能盡到作家應盡的責任呢?

如果我肯進一步面對這一個問題,就可以看出這種現象也並非全由於當下中共的文藝政策之害,在三四十年代所謂的創新的文學主流中已經呈現出相當的局限。例如當時的「爲藝術而藝術」與「爲人生而藝術」之辯,在今日看來是無須爭辯的空論,但在那時候卻是當做重要的美學問題來爭論的。不但爭論,而且要身體力行,黨同伐異。明明中國的新文學不過是承受了十九世紀文學流派之一的寫實主義,卻把這種表現方法看成是天地間唯一合乎美學標準的文學形式,凡是不合乎寫實規律的,一概視爲標新的異端。這種偏狹的成見,正是以後中共文藝政策的種子。可笑的是到了後來,越遵守寫實的規律,寫出來的作品與眞實的距離越遠。不信就請翻開文革前後大陸出版的自詡爲「現實主義」的小說仔細看一看，有那部作品反映了中國社會的眞實面貌？有那部作品把握到了歷史與文化演進的潮流？又有那部作品透露了人的眞情與實感？直到四人幫垮台以後的所謂的「傷痕文學」，才零星地使人嗅到幾分切膚的氣味。但這種傾向是否能夠維持發展下去，卻仍是一個問號。

在歷史的長流上來看，五四以來的新文學，應該只算是中國文化洗心革面的一個啓端，如果主觀地被魯迅或茅盾的大帽子壓住不肯前進，那是可悲的自封。魯迅那一代的作家所受的心理的範繫太過強大，使他們無法自由自在地表達自我，因此在他的作品中都表現了一種自我隱避的形態。他們批評社會，他們揭露他人的瘡疤，他自己卻高高在上，不在其中，原因是他們不敢自視自剖，惟恐有傷了「大師」的體面。當日唯一敢於自剖的作家是郁達夫，卻終不免淹沒在眾多的假面之中。

如果後來的作家只從三四十年代的作家中汲取營養，就不免像一個嬰兒吸取一個生病的母親的瘠瘦的乳房，如何來維繫一己的生命？而我，在幼年時，就是這樣的一個嬰兒。我也曾企圖用三四十年代的作家的眼光來看我們的社會。但看來看去都是別人的錯處，而我自己卻並不負任何責任。直到七十年代我自己經過了一場心理的大革命以後，我才能夠眞眞正正地把自己化入眾人之中，把別人的錯誤看成自己的錯誤，把別人的缺點看成自己的罪孽，眞切地感覺到中國文化的病症也在我自己的身心中發酵，人性的陰暗也同時根植在我自己的內心中。如果我敢於剖析我自己，我也就剖析了中國，剖析了人類；世間所有的現象，不管是荒謬的也好，罪惡的也好，都並不是與我無關無涉的。我並不能只扮演一個批評者的角色。另一方面，我也愈來愈認識清楚了開放的創造的心靈與封閉的判決的心靈的不同處。眞正的藝術家是心靈向眾人敞開的，是面向無限的潛存意識的探索者。這樣的心靈永遠不能成爲一個具有成見的道德家，也永遠不會把指責他人、教訓他人看作是首要的或基本的任務。我自己這種心理的轉變，自然影響了我以後寫作的主題和表現的方式，使我視那些轉變以前的作品都好像出自另一個陌生人之手，與現在的我遙隔了一段心理上的距離。

然而《北京的故事》卻恰恰是我經歷心理革命稍前的作品。如果拿來與後來《孤絕》中所收的小說，或《夜遊》及《奔向那一輪紅艷艷的夕陽》作比，一定很明顯地可以看出這種心理上的差別。在《北京的故事》中，我扮演的是一個批評者的角色，而不是一個參與者的角色。我時常運用了魯迅式的嘲諷，卻缺乏更深一層的同情與悲憫。批評與嘲諷畢竟並不是文學中最大的目的。這就是爲什麼在把這一組故事呈現在讀者面前時，我雖也有一種爲歷史作見證的滿足，卻終不免有一種自愧之感。

原載一九八四年時報出版公司出版《北京的故事》

從寫作經驗談小說書寫的性別超越

一、女性主義與女性文學

一九六〇年以來發煌於西方世界的女性主義運動於最近的二十年中也波及到華文世界，包括台灣、香港、大陸以及各國的僑社。作為一種社會改革或爭取政治權利的運動，女性主義自有其明確的目標；但作為文學的論題，便不可避免地顯現出諸多一時難以論斷的歧義。首先女性一詞就含有生理性的女性（female-ness）和文化性的女性（femininity）的區別。女性主義文學的界定更可有下列各種不同的釋義：一、女性書寫的文學；二、具有女性視野的文學；三、具有女權意識的文學；四、解構父權意識形態（patriarchal ideology）的文學；五、攻擊父權制向男性權力挑戰的文學等，從消極到積極的各種層次①。本文不欲介入此等論題的紛爭，僅從個人寫作的經驗對具有女性視野的文學略述己見。

二、超越性別的書寫

首先要指出的是具有女性視野的文學並不一定就是女性書寫的文學。女性書寫的文學固然時常可能表現出男性的視野②，男性書寫的文學有時也會表現出女性的視野。這其中又可以分爲兩個層次來觀察：一是女性作者可能具有男性氣質或男性作者具有女性氣質的無意識超越性別的書寫，二是有意識的超越性別的書寫。

談到男女性的氣質，不可避免地會進入一種迷思。通常我們總不由自主地會落入「二元對立」（binary oppositions）的思考模式，以陽／陰、剛／柔、強／弱、嚴／慈、主動／被動、積極／消極等一系列抽象的象徵符號來標示男／女性質的對比。這些象徵符號早已深植在人們的意識中，形成父權制度難以動搖的價值體系（patriarchal value system），德希達（Jaques Derrida）稱之爲「男性理性中心主義」（phallogocentrisme）③。既然是一種文化性的價值體系，就難說完全來自於生理現象。西蒙・波娃（Simone de Beauvoir）在她的《第二性》（*le Deuxième Sexe*）④中更明確地指出女性氣質其實是文化的產物，女人不是天生的，而是社會造成的。故所謂男女性的氣質區別，只能說是一種迷思，可存而不論了。

所餘值得討論的是有意識的超越性別之書寫一端。在各種文類中，詩與散文是比較直接抒感的文體，虛構的成分較低；小說與戲劇則是兩類以虛構為主的文體，特別是小說，比戲劇多了一項敘述者的「稱謂」，毫無疑問地使作者與人物間產生了一層更密切的認同關係。小說中常用到的第一人稱的書寫，最容易使作者寄託自我。採取第一人稱的小說中的「我」，當然並不能視為作者的自我，但是既然用了「我」，必定也會瓜帶到作者的自我寄託的問題。有時即使在全知的觀點中使用第三人稱或在第一人稱的敘述中對主人翁使用了「他／她」，仍可顯示出作者的自我寄託。最有名的例子就是福樓拜（Gustave Flaubert）的一句名言"La Bovary, c'est moi !"（包法利夫人，是我！）⑤這句話說明了在寫作的過程中，福樓拜認同了包法利夫人。同樣，我們也可以認為托爾斯泰（Count Leo Nikolaevich Tolstoy）在寫《安娜・卡列妮娜》（*Anna Karenina*）時曾認同過安娜・卡列妮娜，勞倫斯（D. H. Lawrence）在寫《查泰萊夫人的情人》（*Lady Chatterley's Lover*）時曾經認同過查泰萊夫人，白先勇在寫《永遠的尹雪艷》和《玉卿嫂》時曾經認同過尹雪艷和玉卿嫂，否則他們就不能真正進入他們主人翁的內心世界。即使有的作者未明顯地認同書中的異性，像蘭陵笑笑生之於《金瓶梅》中的女性或曹雪芹之於《紅樓夢》中的女性，仍不能不使人佩服作者對異性心理的書寫有入木三分的功力。這些都是男性作家，他們認同的對象卻是女性。相反的，女性作家也可認同男性，譬如艾蜜麗・布朗黛（Emily Brontë）在寫《咆哮山莊》（*Wuthering Heights*）時肯定需要認同她的男主人翁海克利夫（Heathcliff）。吳爾芙（Virginia Woolf）的《奧朗多傳》（*Orlando: A biography*）中的主人翁則是忽男忽女；最近獲得台灣《中國時報》百萬小說獎的朱天文的《荒人手記》，其中的「我」是一個男同性戀者，作爲女性的作者，自然也都需要超越一己的性別進入異性的內心世界。

三、作者的意願與「意願的謬誤」

以上的例子可以說明超越性別的書寫在文學創作中是一個通常的現象，雖然在比例上肯定不及未超越性別的頻率，但也絕不能算是一種偶然。站在文學批評者的立場，對此一現象如果提出「爲什麼一個作者會有超越性別書寫的意願，而實際上又執行了這一個意願？」這樣的一個問題馬上就會撞到「意願的謬誤」（intentional fallacy）⑥的鐵壁上。除了作者本人以外，顯然文學批評家無能解答這樣的問題。我寫這篇文章的目的，就是暫時拋開文學批評者的立場，站在作者的立場來嘗試探討這樣的一個問題。

在文學評論者的眼裏，作者的自白並不十分可靠，特別是跟批評家採取敵對態度的作者，更難以贏得評論者的信心。幸好我自己也兼做評論的工作，比較理解二者之間的轇轕關係，具有足夠的誠意提供給評論者可靠的資料。何況，對這個問題，除了作者的自白以外，也沒有更加可信的途徑可尋了。

四、以《夜遊》為例

在我的寫作過程中，曾經嘗試過各種不同的文類，其中與目前要討論的問題最有關係的，正如上文所言，應該是小說。作爲一個男性的小說作者，我的小說中的主人翁當然仍以男性爲多，但是我也曾嘗試過超越性別的書寫。現在試舉我的一本長篇小說《夜遊》⑦爲例，在這本小說中以第一人稱敘述者「我」出現的主人翁正好是女性。

首先在此必須介紹《夜遊》是一本怎麼樣的小說。爲了求取客觀起見，以下我引用白先勇在評介《夜遊》時所寫的一段話：

事實上馬森的長篇小說《夜遊》在某一層次上可以說是作者對中西文化價值相生相剋的各種關係做了一則知性的探討與感性的描述。《夜遊》女主角汪佩琳是一個到加拿大留學的台灣學生，正如其他許多台灣中產家庭出身的中國女孩，除了一段短暫的學生愛情以外，汪佩琳的少女時期過得相當保守平凡。汪佩琳也不是一個特別聰敏的學生，留學成績平平，連人類學碩士也沒有得到便嫁給英國人詹。詹是國際聞名的教授，研究科學，在溫哥華一間大學執教。汪佩琳跟詹也曾有過一段安定的婚姻生活。如果汪佩琳是一個知足認命的女人，也許做一個英國名教授的太太，一生不見得不美滿。但是才貌平庸的汪佩琳突然一夕之間，做出驚人之舉，離家出走，成爲一個徹頭徹尾的叛徒。從福樓拜的《包法利夫人》、托爾斯泰的《安娜．卡列妮娜》到勞倫斯的《查泰萊夫人的情人》，西方現代小說一直反覆出現一個主題：在劇變的社會中，已婚女性對世俗的社會價值所做的反叛及其後果。中國近代小說不少描寫不安於室的女人，追求自己浪漫愛情的故事。但汪佩琳的反叛有點不同，首先她反抗的是詹所代表的西方的理性主義及文化的優越感，更進一步她也反抗以她父母家庭爲代表的中國儒家傳統的拘束壓抑。放棄了丈夫父母的依恃憑藉，汪佩琳成爲了一個孤絕的人。她棄家出走，從一個以名利爲重的世俗社會縱身投入一個價值迥異的黑暗世界，她的抉擇有著相當存在主義的意味。⑧

除了作爲女性以外，汪佩琳的生活經驗是我可以掌握的。中西文化的衝擊、西方的理性主義和文化優越感、儒家傳統的拘束壓抑、現代工業社會生活的孤絕感受等主題，在我其他小說中也出現過。其間最大的不同就是男性與女性感受的差異。對同樣的問題，女性與男性是否有不同的感受？《夜遊》中所表現的女性的感受是否能爲一般的讀者，特別是女性的讀者，所認同？對第一個問題，我持肯定的態度。對第二個問題，當時我自己也沒有十分的把握。那麼我爲什麼甘冒沒有把握的危險，忽然決定在《夜遊》中採用女性的觀點和視野呢？其間當然有一段個人生活與心理的發展過程。我記得開始寫《夜遊》的時候，正遭逢到個人婚姻的危機。造成危機的原因，可能有種族文化的差異，但更重要的，事後檢討起來，可能也來自因性別而造成的不同的認知和不同的對待事物以及人際關係的態度。換句話說，就是男性所具有的習而不察的「男性沙文主義」在其間所扮演的角色。

在遭遇婚姻的危機之前，我大概從來不曾眞正意識到自己是否具有男性沙文主義，對家庭及社會教育所賦予我的男性角色和男性觀點視之爲當然。一旦遭遇到對方（女性）的指責，不但在情緒上會做出激烈的反應，而且在理智上也認爲對方（女性）侵越了男性的尊嚴和權力，這時候挺而應戰的已不只是個人，而是代表了整個男性的「大我」，於是更加地理直氣壯起來。人是在經驗中有能力做自我反省提取教訓的動物。在遭遇到婚姻的危機之後，當然我開始了對自我的檢討與反省。這時候我才眞正意識到我所至愛的兩個女人——我的祖母和我的母親——一生所遭受到的性別歧視。當然她們接受了她們的命運。如果她們不接受的話，她們必定會遭遇到更大的打擊，遭受更大的痛苦。接受，並不能等同於合理，只表現了對人間不公與不義的妥協態度而已。

寫《夜遊》是爲了嘗試應用女性的觀點與視野，藉以進行個人的自我檢討及試行對大我的男性沙文主義批判。這大概就是我當時採用女性觀點與視野的心理背景與原始動機。在寫作的過程中，因爲必須進入女主人翁汪佩琳的心理世界，的確使我看到了一些以前所沒有看到的問題。舉例來說，對於女性的「守貞」，我更加深切地感覺到其實是父權制度價値體系的產物，並非來自女性的觀點。在我國的古典戲曲中，關漢卿塑造了守貞不屈的竇娥這樣的一個人物，曾經贏得大多數古典評論家的彩聲。但仔細分析起來，竇娥這個角色並不眞實，應該說是來自作者大男人沙文主義的一廂情願的反映，而不能代表一個年輕婦女的眞正意願與感受。連竇娥的婆母蔡婆婆都經不起異性的誘惑把張驢兒父子引入家中，二九年華青春正茂的竇娥卻唱出「我一馬難將兩鞍鞴」的話，的確令人匪夷所思。因此在我後來讀《竇娥冤》一劇時，總覺得竇娥的虛假，我認為「今日看來，等於竇娥的身體，卻馱著個竇天章的腦袋。」⑨事實上，由女性的觀點來看，如果「貞」真值得守，應該是相對的，而不應是對女方片面的要求，這是顯而易見的理性思考與邏輯推理。

另一個問題是有關對於同性戀的看法。同性戀最直接觸犯的也是父權體制的價值觀，不管男同性戀還是女同性戀，都是摧毀家族（為父權和夫權所依附）的一股巨大的力量，因此為父權社會所不容。對父權制懷有批判心理的現代女性對同性戀就表現了比較寬容的心胸，很多異性戀的女性樂於跟男同性戀交友，但異性戀的男性卻常常對同性戀採取輕視或排斥的態度。

五、超越性別書寫的可信性

以上是我在《夜遊》中嘗試超越性別書寫的原始動機與寫作過程中的思考。但是其中女主人翁汪佩琳的觀點與視野是否能獲得女性讀者的認同，則是開放的，等待進一步的討論。我想首先面對的問題是女性的觀點與視野是否天生與男性的有所不同？如果我們同意西蒙·波娃在《第二性》中的觀點，女人不是天生的，而是社會造成的，超越性別的書寫便不是先驗地不可達成的事。男性作者是否可以完善地傳達出女性的觀點與視野便只是一種技巧的問題了。龍應台在評《夜遊》的文章中，認爲我在這部小說中「爲婦權舉起拳頭」⑩，卻未觸及到女性觀點與視野的可信性的（authentic）的問題，我認爲這至少表示她認同了其中的女性觀點。

有些女性的女權主義者（female feminist），認爲男性常有偷竊女性思想之嫌⑪，甚至進一步認爲男性爲女性代言的作法，又是另一種形式的女權剝奪，可見這些激進的女性主義者對男性猜忌之深。當然這也不能完全怪罪女性對男性的猜忌，就如關漢卿似地在同情弱者的口實下也會有意或無意地張揚著父權和夫權的氣焰。我不知道男性作者超越性別的書寫是否可能落入女權剝奪的範疇。邏輯上應該不會，否則豈不是把所有男性都排除在女權運動之外了嗎？我其實不敢承擔「爲婦權舉起拳頭」的稱讚，陳少聰在〈她是清醒的夜遊者〉一文中無意間替我做了辯解。她說：

雖則字裏行間中讀者可以看出來馬森對女性主義有相當深入的瞭解與同情，但我認爲作者寫《夜遊》的旨意並不在於標榜女性主義。⑫

我承認自己並非有意在標榜女性主義（無意中所流露的贊同肯定是有的），不過在寫作的過程中卻明確地意識到這一個問題，因此這種超越性別的書寫與早期的福樓拜、托爾斯泰、勞倫斯等未意識到女權主義或對此意識不足是有所不同的。按理說，《夜遊》裏所表現的女性觀點應該可以發揮一些彌縫兩性間猜疑嫌隙的效用。

六、無意識中隱含的異性

如果說男女兩性的氣質不過是在父權體制意識形態下所形成的迷思，但受到生理局限的男女心靈總是有所有差異的，這種差異也是現代心理學所重視的主題之一。不過心理學家也注意到二者並非截然的劃分。容格（Carl G. Jung）在他的〈進入無意識〉（Approaching the unconscious）⑬一文中，就認爲每個人的無意識中都具有一個相對的性別，他稱男性中的女性成分爲anima，女性中的男性成分爲animus。這種心理學的分析也爲現代生理學的性腺研究所證實。在正常的情形下，人們都向他人，甚至於自己，隱藏起心中的另一半異性，但這另一半異性卻會在異常（例如睡夢、酒醉、精神失常等）情形下顯露出來。如果說寫作也包括了一部分無意識的呈現，超越性別的書寫毋寧說明這一個現象。因此男性作者寫女性或女性作者寫男性，有一部分應該是anima或animus所發揮的作用吧！

原載一九九六年鄭振偉編
《女性與文學——女性主義文學國際研討會論文集》
香港嶺南學院現代中文文學研究中心

注釋

①參閱 Toril Moi, "Feminist Literary Criticism", in Ann Jefferson and David Robey (ed.), *Modern Literary Theory*, London, B. T. Batsford Ltd., 1986.

②參閱 Rosalind Coward, "This Novel Changes Women's Lives: Are Women's Novels Feminist Novels ? " in Elaine Showalter (ed.), The *New Feminist Criticism:Essays on Women, Literature and Theory*, New York, 1985.

③見 Jacques Derrida, *L'écriture et la différence*, Paris, Editions du Seuil, 1967.

④ Simone de Beauvoir, *Le Deuxième Sexe*, Paris, 1949.

⑤見 Préface de Maurice Nadeau, Flaubert, *Madame Bovary*, Paris, editions Gallimard, 1972.

⑥ W. K. Wimsatt Jr. 和 Monroe C. Beardsley 在 The *Verbal Icon*（1954）一書中認爲作家的意願不該是文評家應該關心的問題。我原則上同意這種意見，但認爲作家的意願由作家自道，還是可行的。

⑦《夜遊》有兩種版本：一是於一九八四年由台北爾雅出版社出版，另一於一九九二年由文化生活新知出版社出版。（本書出版時，《夜遊》又有二〇〇〇年十二月九歌出版的第三種版本。）

⑧ 見白先勇〈秉燭夜遊：簡介馬森的長篇小說《夜遊》〉，原載一九八四年一月九日台北《中國時報人間副刊》。

⑨ 見拙作〈竇娥冤的世界〉，在馬森《東方戲劇．西方戲劇》，一九九二年文化新知出版社出版。

⑩ 見龍應台〈燭照《夜遊》〉，《龍應台評小說》，一九八五年爾雅出版社出版。

⑪ 參閱 Dale Spender, *Women of Ideas and What Men Have Done to Them*, London, 1982.

⑫ 見陳少聰〈她是清醒的夜遊者〉，原載一九八四年五月三十一日至六月一日台北《聯合報副刊》。

⑬ 見 Carl G. Jung (ed.), *Man and his Symbols*, London, Jupiter Books, 1979.

愛慾的文化意義

愛慾是人生的一個重要課題，因爲源自人的基本生理和心理的需要，所以沒有人可以掙脫愛慾的網羅。

「愛慾」一詞在我國現代語言的含意，相當於英文的eroticism和法文的érotisme。在人類的進化史上，不論中外，愛慾都時常藕連到禁忌的行爲（taboo）。特別是在我國的文化中，愛慾並不是一個多麼高尙的名詞，至少容易使人聯想到不端的行爲。在日常的語言中，「愛慾」一詞恐怕僅次於「色情」那麼易於引起人們的恐懼與鄙夷之情。由於這種文化傳統上的成見，便不易使人客觀地面對愛慾的問題，更難以嚴肅地討論愛慾在個人的生活中和在群體的社會文化中所具有的重要意義。

在人類的近代史上，第一個用科學的方法嚴肅而有系統地來鑽研「愛慾」問題的是佛洛伊德。他不但認爲性慾（libido）幾乎與人的生命力等同，而且大膽地結論說，人類的文明乃奠基於慾的精力的抑制和昇華之上①。因爲這樣的結論，使人類的文明本身帶有了扭曲的形象，以致引起了現代人對「文明」的反思和對「性」解放的思考。

二十世紀的心理學是在佛洛伊德的影響下發展起來的②，二十世紀的文學與藝術也都直接或間接地沾潤了佛洛伊德的氣味，也就是說有意識地不去故意迴避含有愛慾的素材，而且相信藝術與愛慾之間有極密切的關係。美國文學評論家崔陵（Lionel Trilling）在一篇討論佛洛伊德與文學的論文中③，舉出了卡夫卡、湯瑪斯・曼（Thomas Mann）和喬哀思（James Joyce）都是直接深受佛洛伊德啓發和影響的大家④。他們在作品中都巧妙地運用了愛慾壓抑或昇華的理論，成爲佛洛伊德學說有力的注腳⑤。其實二十世紀較後期的作家，有哪一個沒有讀過佛洛伊德的作品？勞倫斯如沒有佛洛伊德的理論開路，是否寫得出《查泰萊夫人的情人》？即使寫得出，是否能爲文評家以及一般讀者所接受⑥？如沒有佛洛伊德的理論開路，讓・惹奈（Jean Genet）的心靈能在《花之聖母》（*Notre-Dame des Fleurs*）（編按——中譯名爲《繁花聖母》，時報出版公司出版）中順利開花嗎？沙特（Jean-Paul Sartre）能爲惹奈的著作寫出洋洋五百多頁的序言嗎⑦？就是佛氏以前的作家，雖並沒有受過他的影響，但作品的傾向與佛氏理論暗合的也在所多見。我國的蘭陵笑笑生和曹雪芹的作品，與佛氏的理論又何其相近！《水滸傳》中厭惡女性的英雄們的行爲，不是也可以用「性壓抑」的理論來解釋嗎⑧？《醒世姻緣》，今日看來更像一部性虐狂的果報循環。崔陵也指出，相信藝術出於愛慾，佛洛伊德並不是第一人，像德國十八世紀的小說家鐵克（Ludwig Tieck）和哲學家叔本華（Arthur Schopenhauer）都曾有過類似的言論。

佛洛伊德認爲作家的創作正像兒童遊戲一般，乃製造一個幻覺的世界（world of fantasy）。製造幻覺的原動力是爲了實現在生活中不能獲得滿足的願望⑨。他認爲人們不能滿足的願望，不是有關於「野心」，就是有關於「愛慾」。年輕女性的不能滿足的願望幾乎只限於愛慾，而年輕的男性的不能滿足的願望是二者關連並行而不悖。如果佛洛伊德的言論不是毫無依據的空談（有個案研究做爲理論的基礎），那麼文學和藝術作品，其最根本的原動力不是正源於「愛慾」，或至少與「愛慾」有關的麼？

當然，我們知道，在佛洛伊德以後，也有不同的理論和看法。譬如容格就不完全同意佛氏的觀點。他認爲一件藝術作品是超越於個人生命之上的，雖溢出於藝術家之心靈，亦無異於溢出於全人類之心靈⑩。很明顯地容氏所指的藝術創作力的根本來源，乃是「集體的無意識」（collective unconsciousness）。雖則如此，他也並未完全否定佛洛伊德的觀點。他說如果一件作品基本上從作者個人而論，應該視為一種「精神病態」（neurosis），這時候用佛氏「愛慾」的理論來解釋是完全適合的。如果從藝術作品著眼，則是另外一回事。在容氏看來，藝術創作具有兩個層次：一個是把藝術家看作是一個個體的人，便不能不與「愛慾」相連；另一個層次是把藝術家只當作藝術家看，那麼他就是客觀而不具個性的，甚至可以說「非人」的。這時候藝術家等同於他所創作的作品，就不能只用「愛慾」的理論來解釋。所以他認為藝術家應該具有這雙重的性質。也就是說，容氏並非否認藝術與愛慾的關係，只不過把藝術家因創作了藝術品而超人化了。容氏進一步認為，做為一個藝術家，命定地內在充盈著兩極化的衝突與矛盾，一方面他像一個平常人一樣地渴求個人的幸福與滿足，另一方面創造的熱情又會使他不得不壓服一切個人的慾望。在這種衝突與矛盾中，藝術家命定了悲劇的命運。悲劇的命運就是藝術家對其天賦才華所應付出的代價。他更進一步說，造成藝術家悲劇命運的原因，乃由於創造力會吸淨了一個藝術家的生命衝力，使他為維持基本的生命，不得不發展出種種惡劣的性質，諸如粗暴、自私、虛榮，以及其他罪惡；而這些惡劣的性質，都跟「愛慾」有關。這就是為什麼大多數藝術家在常人的眼裏很可能是色情狂或性變態的一類。容氏又把藝術家比作一個棄兒，為了抵禦外在的無情和摧折，不能不發展出一種惡劣的自我主義的自衛力量，並且終生停留在這種幼稚無助的心態中，時時表現出冒犯道德規範和律法的傾向。因此，在容氏的眼裏，藝術家負有常人所不能負載的使命，他的悲劇的生命只是做爲一個藝術家之不可避免的結果而已。

如果我們完全信服容氏的分析，藝術家眞是無望了！其爲人不但色情，而且注定了悲劇的命運！但是通觀歷史上所謂藝術家的生活和創作生命，雖有異於常人之處，但並非個個都如容氏所認定的那般悲慘絕望。藝術家所表現出來的性質也不一定就是惡劣的，至少如果不用一種特異的眼光予以透視，便不至於沾帶上惡劣的顏色。容氏所以對藝術家抱有這種觀點，一者爲了強調藝術家能自主地爲「集體的無意識」所左右，二者企圖矯正佛洛伊德「一切均出於性慾」的看法，不由得就帶出了道學家的口胳，使出了道德評斷的字彙來代替客觀中性的描述，以致使人覺得容氏對藝術家的分析以及對「愛慾」問題的議論，反不如佛氏之客觀而自然了。

其實藝術家基本上仍是一個人，藝術家所表現出來的性質，也就是人共有的性質，不過由於藝術家特賦的敏感和獨擅的表達能力，常常會把這些共同的性質加以誇張或推到極端而已。如果藝術家誇大了惡劣的性質，藝術家同樣也會誇大優良的性質。不管惡劣或優良，基本上人人都是色慾的，人人也都是悲劇的，成功也好，失敗也好，誰又能超越死滅的大限？否則佛家就難以發展出「色空」的理論來了。佛家的道理是針對所有的人，並非專指藝術家而言。

從佛洛伊德以降的心理學家，有不少接受或發展了佛氏有關「人格」形成的理論。佛氏把「人格」的發展和形成分作四個階段：口腔（oral）期、肛門（anal）期、男性性器（phallic）期和生殖器（genital）期。這四個階段，其實就是從無「性」期發展到有「性」期的過程。因此在美學理論上，也就不能排除佛氏認爲「美感」（sense of beauty）來自「性感」（sexual feeling）的觀點⑪。這種看法，雖然違逆了傳統的模擬自然的美學觀⑫，猶待進一步的探研，但是「美感」與「性感」有相當密切的關係卻是不容忽視的生理與心理現象。法國心理學家惹珂・拉岡（Jacques Lacan）不像佛氏一般把libido專指「性慾」而言，而看成是「慾望的心理精力」（energie psychique du désir）⑬，那麼理論上就更容易把美感經驗和「愛慾」縮聯起來。說實話，我們每個人對自然或人體的美感，恐怕要等到十一、二歲以後才逐漸展現。在今日我們敢於討論這個問題的時候，也更容易體會出在我們戀愛的過程中，甚至於說得具體一點，在我們性經驗的過程中，我們的美感經驗才眞正發展到身心所允許的極致。

由此看來，愛慾不但主導著藝術作品的創作，同時也主導著藝術的鑑賞。如撤離了愛慾的基素，恐怕也就無藝術可言了。愛慾既然在人生和藝術中都佔有如此重要的位置，爲什麼反倒成爲一個不能登大雅之堂的詞彙？那就不能不從我國文化上來體察這一個問題了。

其實每一個原始的宗教都或多或少地跟生育和性有相當的關連。生育就是「愛慾」活動的直接結果。我國如說有原始的宗教，應該是拜祖教。「先王以作樂崇德，殷薦之上帝，以配祖考。」（《易．豫象》）「思文后稷，克配彼天。」（《詩．周頌》）「商人褅舜而祖契。」（《國語．魯語》）由古籍的記載和後世我們祭祖的風習可知祖先是我們最重要的守護神，祭祖與敬祖都是我國文化生活中的大事。現在的「祖」字，在甲骨文上原作「且」字⑭。據郭沫若說，「且」者是男性器官的象形字。那麼說在古代是以男性的性器代表祖先的，可以說明我國的父系社會形成很早。主導我國文化傳統近兩千餘年的周文化就是絕對嚴格的父系社會，不但父死子繼，完全排除了女性掌權的可能，而且發展成爲以嫡長子爲主的「宗法制度」。嫡長子者，在同代人中多半是最年長的男性也。因此凡掌權在位的，多半已是老人，遂形成了以老人的身心狀況以及思維視野爲主體的「老人文化」⑮。性器既然進而成爲祖先的象徵，自然是一種禁忌，「老人文化」又大大發展了輕賤性慾的傾向，要說我們的文化沒有遭受性壓抑的扭曲是一件不可思議的事。「愛慾」之帶有貶義，正可以說是由性壓抑所扭曲的文化所造成的結果。

西方的文化，根據佛洛伊德的理論，也正是在性壓抑的扭曲下形成的。西方所謂比較開放的文化氣氛，也不過是佛洛伊德理論影響以後的事，算來不到一個世紀罷了。爲什麼在這不到一百年的時間中，世界的變化如此之大？正可以說明佛洛伊德對人類文化的最大貢獻，是去除了「愛慾」的神祕或汙穢的外衣，使人們有勇氣來討論、研究、正視這一個主導著人類思想及行爲的重大問題。正像在幼兒面前放了一面鏡子，使人類忽然間發現了自我的眞面目，也就比較能夠瞭解與接受一個眞實的自我了。對我們中國人而言，恐怕具有更深一層的意義。如果在「老人文化」的傳統中，無限壓抑地把「愛慾」排除在思維及視野以外，形成了感覺領域的偏枯現象，那麼今日正視「愛慾」的意義，就如在一面鏡子中忽然發現了自己的青春面貌，原來我們中國人也並不該就是天生的老邁，我們像其他民族一樣，也有煥發躍動的一面。眞正生理與心理的健康，恐怕應該從接納一個自然而活潑的生命開始的吧！因此在人類文化發展的過程中，佛洛伊德的理論肯定是一個重要的轉捩點。

愛慾，在今日既不該引爲羞恥，也不該是一種忌諱。但這並不是說今日人們的行爲就該百無禁忌。一個社會，在群居的生活中，自然應有某些大家都該遵守的規範和禮節。譬如說沒有人會故意在他人的面前大小便，因爲如此會引起他人不愉快的感覺。所以足以引起他人不快的色情行爲自然可以置於可允許的規範之外。但是在特定的地點或場合的愛慾行爲，如果與他人無涉，則應視爲個人之隱私，不該再以神祕的眼光予以輕視或否定。譬如說今日電影的分級制度，便是根據這種觀念而制定的。文學作品中對有關愛慾的描寫，尺度也很寬廣，正因爲一本書不會自動地引起不願閱讀的人的不快。在繪畫和雕刻上，似乎裸體的人像也並不曾發生誘人入罪的淫穢作用，以致引起違德的行爲。由此可見，過分的壓抑與扭曲，並不是健康正常的心理現象。人與人之間的疏離、厭惡與仇恨，常常不是由於人的愛慾行爲所造成，而多半是人對愛慾行爲抱有成見，認爲只有自己的愛慾行爲才爲正當，他人的均屬變態一類的結果。如果認識到愛慾的衝動與滿足皆爲天賦，則其表達的方式便屬比較可以容忍的次要事務。有了這種覺醒，不但社會上可以減少了一大批原來可能界定成的罪犯，而且文學和藝術的創作一定會因此而朝前躍進一步。

一個文化的發展，正如一個人的心理發展過程，愚癡懵懂固然是尚未開化，滿懷理想，不顧現實，也不算成熟。只有在眞正瞭解客主兩方的實體存在，接受自我的眞面目，並有能力靈活地調整主客的關係時，個人的心理和文化的發展才有開花的可能。對「愛慾」的正視與接納，恐怕正標幟了個人心理與群體文化的發展接近成熟的時期吧！

原載一九八八年九月《聯合文學》第四卷第十一期

注釋

① 佛洛伊德對文明的看法特別表現在他晚期的著作《文明及其缺陷》（*Civilization and its Discontents*, 1930）一書中。此書之中文譯名爲我之暫譯，discontent一詞不該譯作「缺陷」，但一時找不到更恰當的字眼。

② 在一般心理學的著作中，不可能不涉及佛洛伊德的理論。例如大衛·愛德華茲（David C. Edwards）的《心理學概論》（*General Psychology*, 1969），在談到二十世紀心理學的理論時，就逕指佛洛伊德與克拉克·郝（Clark Hull）爲支配現代心理學的兩大流派。見該書11–14頁。

③ 崔陵（Lionel Trilling）的〈佛洛伊德和文學〉（Freud and Literature）一文收在《自由的想像》（*The

Liberal Imagination, New York, 1950）一書中。

④ 崔陵其實認爲普魯斯特（Marcel Proust）的小說《追憶似水年華》（*A la recherche du temps perdu*）及艾略特（T. S. Eliot）的〈荒原〉（*The Waste Land*）一詩更接近佛洛伊德的心理分析，但二人並未受到佛洛伊德的直接影響。另一方面，崔陵也認爲佛洛伊德的理論早已成爲二十世紀文化的一部分，很多作家在意識不到的情形下接受了他的影響。

⑤ 崔氏指出卡夫卡有意識地探測了佛洛伊德「罪疚與懲罰」（guilt and punishment）、析夢以及懼父的概念。湯瑪斯．曼則傾心於佛氏的「神話」。至於喬哀思，崔陵以爲他有意地徹底利用了佛氏的主要意念。

⑥ 勞倫斯的《查泰萊夫人的情人》有三個底稿，勞倫斯自己最喜歡的是第三個底稿，因爲對性的描寫最自由，也是最犯忌的一個底稿。《查泰萊夫人的情人》是西方歷代小說中引起道德性的爭論最多的一本書。自從一九二九年付印起，私印本始終不斷，但遭到大西洋兩岸的禁止。經過累次的法庭審判和社會及文學界人士的出面作證，直到一九六〇年才解禁，社會從此公認《查泰萊夫人的情人》不是一本敗德的小說。英國著名的文學評論家李維斯（F. R. Ieavis）更推崇勞倫斯是英國繼莎士比亞之後的最傑出的文學家（見F. R. Leavis, *D. H. Lawrence: Novelist*, 1955），使勞倫斯在英國文學史上的地位大爲提高。其他二十世紀因爲種種偏見而遭禁的文學作品很多，參閱蘇澤蘭（John Sutherland）著《犯禁的文學》（*Offensive Literature*, 1982）一書。

⑦ 讓．惹奈的《花之聖母》是二十世紀最坦白赤裸地寫同性戀的一本小說。沙特爲惹奈在一九五二

年所出版的全集（實非全集）寫了一篇長達五百六十多頁的序言。因爲太長，只好自成一冊出版。以長度論，應該是空前的書序了。這本序言的標題是「聖者惹奈——戲子與殉道者」（Saint Genet, Comédien et Martyr），在序中沙特對惹奈的生平、心理及其作品做了詳盡的分析。

⑧ 孫述宇在《水滸傳的來歷、心態與藝術》（台北，時報出版公司，一九八一）一書中，認爲《水滸傳》本是強人說給強人聽的故事，在強人的心態下，所以避忌婦女。

⑨ 見佛洛伊德〈作家和白日夢〉（Creative Writers and Daydreaming）一文，收在大衛．洛之（David Lodge）編《二十世紀文學批評》（*20th Century Literary Criticism*, 1972）中。

⑩ 見容格〈心理學與文學〉（Psychology and Literature）一文，收在《追尋心靈的現代人》（*Modern Man in Search of a Soul*, 1933）中。容氏的觀點與艾略特的互爲表裏。艾略特從文學批評的觀點也認爲作家的最高境界是「無我」（impersonality）的。參閱〈傳統與個別的才人〉（Tradition and the Individual Talent），在《艾略特選集》（*Selectecl Essays by Eliot*, 1952）中。

⑪ 佛氏對「人格」的形成有相當洞徹的理論與方法。參閱撒哈金（W. S. Sahakian）編《人格心理學：理論讀本》（*Psychology of Personality: Readings Theory*, 1965）。

⑫ 源自柏拉圖的「模擬論」（Mimetic Theories）認爲藝術在模擬人爲的成品，人爲的成品又在模擬先天的觀念。因此最後的美學根源，不在創作者，而在外在之自然及先天的觀念。

⑬ 惹珂．拉岡是佛洛伊德學說的大力支持者，但是也做了一些修正與補充。主要的著作有《著作》（*Ecrits*, Paris, 1966）。

⑭ 見楊家駱「釋且」（楊著《中華大辭典》卷三十一上，未見出版）。此文發表於一九五七年，爲楊著《中華大辭典》之樣本，收有「且」字一一八義，認爲「且」爲古「祖」字，已成定論。唯未收郭沫若對「且」字的解釋。郭氏認爲「且」字爲男性性器的象形字，見郭著〈釋祖妣〉（《沫若文集》卷十四，一九六二，頁三二一——三四七）。

⑮ 參閱拙著《文化、社會、生活》（台北，圓神出版社，一九八六年）中〈絕對文化、老人文化與文化突破〉及〈姜太公的神話〉兩文。

海外華文與移民華文文學

今年是「加拿大華裔作家協會」第七屆「華人文學－海外與中國」研討會，研討會的主題是：「演變中的移民文學」。當然，我想主題指的是「華文的移民文學」，而非一般的移民文學。

過去，對於在中國以外的華文文學，最常用的字眼兒是「海外華文文學」，很少用「移民華文文學」一詞，我想主要乃因早期的華人移民多半都為生活而奔忙，同時移民前可能也未受過足夠的語文訓練，沒有留下有份量的華文的移民文學。那時候少數華人移民的知識份子而又有作品傳世者，像移美的林語堂、黎錦揚、移英的蔣彝、熊式一、移法的郭有守等，都採用在地國的文字寫作，而未用華文，這也是過去「華文的移民文學」未成氣候的原因。

如今情況大變，在歐美的華裔移民中知識份子很多，有許多甚至是移民前在國內本已是具有成就的作家，因此繼續使用華文寫作的不在少數，現在使用「華文的移民文學」或「移民的華文文學」一詞，應該有其正當性了。然而「海外華文文學」一詞仍在普遍使用中。這兩個詞嚴格地說有些分別，前者指「移民者」的華文文學，而後者包括移民者及留外而非移民者的華文文學；籠統地說呢，二者指的是一回事。

我個人十六歲時從大陸到台灣，一直到完成大學及研究所的學業才出國進修，曾經滯留海外長達三十年，先後居留過的國家有法國、墨西哥、加拿大和英國，後來又回歸台灣。

在我留法的期間（1961-67），我們曾經出版過一份《歐洲雜誌》，囊括了當時留法、留德、留英的寫家，其中有不少人後來投筆從政了，但也有幾位以文名的，像程紀賢、熊秉明、金戴熹。程紀賢晚年當選為法蘭西學院院士，以小說聞名，熊秉明是詩人、雕塑家，現已去世，金戴熹成為台灣法國文學的翻譯家。我必須附加一筆，程紀賢，字抱一，法文的名字是Francois Cheng，除了他早期為《歐洲雜誌》寫的稿用華文外，他後來的小說及學術著作都是用法文寫的，雖有的有中文翻譯，原著不能算華文文學。到了八〇年代以後，法國又出現了一批新生代的華文文學的生力軍，像高行健、蓬草、鄭寶娟、張寧靜等。

我在墨西哥學院執教六年，但墨西哥——甚至中南美洲——華人的移民很少，除了我自己以外，我沒有發現有其他從事寫作的人。

我於一九七二年移居加拿大，那時候加拿大華裔作家協會的前任會長梁麗芳教授還在英屬哥倫比亞大學就讀，我們是前後同學，如今在加的詩人瘂弦、洛夫、散文家黃永武、梁錫華、小說家古華及前任及現任的華裔作家協會的會長陳浩泉先生、劉慧琴女士等都還沒有來。我只認識以古典詩詞聞名的葉嘉瑩教授和後來認識的曾經寫過小說而似乎封筆了的馮馮，在加拿大的華文文壇毋寧是寂寞的。後來，我的寫小說的老同學王敬羲也來了，但他常駐香港，並未久居此地。又過了幾年，文化大革命之後，陳若曦經香港來此，她也只住了幾年就移民美國去也。另外聽說住在阿爾白塔省的東方白也是位業餘的作家，那時候他的長篇巨構《浪淘沙》還未完成，還未曾名聞天下。當時在加的華文作家的人數完全不能與留美的華文作家相比，像現在華文作家如此眾多，這麼熱鬧的場面，我過去並沒有經驗過。這些年的變化是十分巨大的。

一九七九年我離加赴英，在倫敦一住八年。中國著名的作家老舍曾在三十年代留英，蕭乾曾在四十年代留英，而且都曾在我所執教的亞非學院工作過，可說是先後同事；但他們只是留英，而非移民。我在倫敦的時候，移民英國的老一輩華文作家像陳西瀅、蔣彝（啞行者）、熊式一等都已老成凋謝，凌淑華也垂垂老矣。像我這一輩或更年輕的，我只知道有一位呂大明女士，可惜從未見過面。還有一位從大陸到倫敦求學的張戎，她也在我執教的亞非學院唸過書，工作過，後來以小說《鴻》（*The Wild Goose*）聞名於世，但她用的是英文，雖然寫的是文革前後的中國人的故事，也不能歸入華文文學之列。我離英之後，以詩與小說聞名的虹影才來到倫敦定居。

在我離英前的幾年，有人在歐洲發起組織一個留歐華文作家協會，我因為工作忙碌，幾次會議都未能出席，詳情不悉。這個協會想現在還是存在的。

以上是就我個人的親身經驗對歐美的海外或移民的華文文學在上個世紀六、七、八〇年代的一點觀察和認識。我沒有談亞洲其他國家移民的華文文學，因為情況與歐美不同。譬如說像新加坡這樣的國家，華文也是他們國家主要的語文之一，用華文寫作的新加坡人的作品能稱為移民文學嗎？

其實，海外華文文學，或移民華文文學的主力，不論過去或現在，都在美國。留美的華裔作家除了人多勢眾外，成就也很可觀。小說家像於梨華、聶華苓、白先勇、劉大任、叢甦、張系國、李黎、李渝、郭松棻、裴在美、嚴歌苓、詩人像鄭愁予、葉維廉、杜國清、張錯、北島、散文家像王鼎鈞、董鼎山、喻麗清等都長居美國，他們雖然都不是職業作家，但經常有作品發表。其他用英文寫作而聲名卓著的美籍華裔作家也很多，像小說家湯亭亭、譚恩美、哈金、戲劇家趙健秀、黃哲倫等的作品都很受到重視，但他們也不屬於華文文學之列。不過，上世紀末及本世紀初，在美的華裔作家，不論是用中文寫作的，還是用英文寫作的，其盛況可說空前，成就也遠遠超過過去任何一個時代。

移民或海外的華裔作家，如果用華文寫作，發表與出版仍需仰賴國內的報章、雜誌與出版機構，過去如此，現在仍然如此。他們的讀者群主要也在國內，因此他們時時需要回國充電，或與國內保持密切的聯繫。所謂國內，包括中國大陸、台灣和香港。如沒有國內的支援，移民或海外的華文文學是不可能存在的。譬如，移民法國而因六四事件與大陸官方決裂的高行健，他的作品如非能在台灣發表並出版，怎能為華文文學奪下了第一座的諾貝爾文學獎呢？

如果把「海外華文文學」或「移民華文文學」作為學術研究的對象，就會發現其界定非常困難。首先，移民指的是從原居住地遷移到他國或異域的人。但人是活動的，在如今交通如此暢達的時代，人們不可能久居一地。譬如有的作家在國內成名，而後才移民，像在座的洛夫、瘂弦、古華，是否應該稱他們為移民作家呢？又有些人先移民而後回歸，像目前在台灣的陳若曦、平路，又該如何界定？

至於作品的界定更加不易。過去於梨華寫的小說被稱作「留學生文學」，因為她寫的是留美學生的故事。如果移民作家寫的都是國內的人物與事蹟，其內容與國內作家無異，只因為他人在他國，就該列為移民文學嗎？諸如此類的問題不勝枚舉。也許我們應該思考的是：將來的中國文學史如何看待移民或海外的華文文學作品？與國內作家的作品一體看待呢？還是因為作者人在他國，就只能附在文學史的尾巴上？

以目前的成就來看，也許不能說海外作家的作品可以與國內作家的作品平分秋色，但海外的或移民的華文文學，肯定是華文文學中不容忽視的重要的一部分。

二〇〇五年七月十三日修正稿

原刊二〇〇五年十月三十日《世界副刊》

走向二十一世紀的中國文學

劉心武和從維熙兩先生的發言可說都十分語重心長。從古到今，文學家都在為了忠實地反映人類的生存環境、為了爭取免於恐懼、免於匱乏的生活而奮鬥，二十世紀的作家也不例外。也許二十世紀的作家較之於歷代前輩更為艱苦，因為文明與進步為政治與社會機制帶來了更為細緻、更為有效的控馭機能，使個人更加無能逃避於天地之間。政治與社會組織愈嚴密，個人愈不自由，做為個人的作家也就愈加難以暢所欲言。

劉心武先生在發言中特別提出了作家「站位」的問題，這個問題可以從兩方面來看，一方面是指「人生觀」而言，一個成熟的作家對世界、人生肯定有自己的看法，所以不容諱言地他應該有自己的立場；另一方面則指作家的「政治認同」而言，那恐怕就不是每一個作家都熱中於政治的認同了。但是我們也瞭解在資本主義和社會主義的這兩大陣營中，資本主義社會的作家可以不對政治立場表態，或者可以表不同之態，正如劉先生所言美國的阿瑟 米勒可以對社會主義表同情。但是在社會主義社會中不表態，或表不同之態，恐怕都有相當的忌諱。因此社會主義社會的作家只有在逃離那個社會後才可以享有不表態及表不同之態的自由。脫離自己的故土，對一個普通人而言已經十分痛苦，對一個作家而言尤其痛苦，因為他再也無法繼續醞浴在他所熟悉的環境中，意味著他再也無法如常地書寫了。這就是為什麼索忍尼辛在千辛萬苦地逃離蘇俄之後，一旦環境改變就立刻回歸。劉先生很幸運地可以選擇定居北京，可以以反映北京的市民生活為目的。但是今天仍然有許多優秀的作家，像高行健、古華、北島、鍾阿城等等，內心中也含有索忍尼辛一樣的悲酸，焉能不期望早日回歸故土，繼續為廣大的故國人民來寫作呢？

我們也像劉心武先生一樣十分支持中國大陸的改革開放政策，因為這不但關係到大陸上十二億人民的福祉，也關係到兩千二百萬台灣人民的前途。我們衷心地期待「每個作家都可以憑藉自己的良知、興趣、個性，在眾多的『落腳點』中去選擇自己的站位，或者竟可以自己闖出一個獨一無二的落腳點，在那裡『笑傲江湖』」的日子早一點到來！

從維熙先生說五四以後那一代的作家，不論是做過官的郭沫若、茅盾、夏衍、田漢，還是沒有做過官的冰心、巴金、老舍、沈從文等，他們的文學高峰期都留在了過去，不知是出於自願，還是對於不斷的政治運動的無可奈何？我想從先生心中一定知道答案，也許是太沉痛了，不忍把答案說出來。1975年我在加拿大英屬哥倫比亞大學的時候，接待了兩位來自北京的文學教授，他們只講兩個人的作品：一個是魯迅，另一個是浩然。其他的作家呢，大概就如從先生所言「有道難行不如醉，有口難張不如睡」了！

後來我多次訪問大陸，有時是個人，有時是組團，每次總會見到不少同行，從老一輩的冰心女士、夏衍先生、李健吾先生、曹禺先生、錢鍾書先生、楊絳女士、陳白塵先生、蕭乾先生、沈浮先生、張駿祥先生、吳祖光先生，到晚一輩的汪曾祺先生、賀敬之先生、王蒙先生，馮驥才先生以及最年輕的蘇童先生、莫言先生、劉恆先生、王朔先生等，我都見過，也都交換過意見。因此對早期大陸作家的遭遇我也可說熟知了，對各位的觀點、看法，也深有同感。

以上是我呼應劉從兩位先生對本世紀後半期大陸作家的一些看法。至於台灣作家的命運，在早期所謂的「白色恐怖」時代，也並非十分自由的，不過在程度上不及大陸作家之甚，在範圍上不及大陸作家之廣。大概到六十年代之後，現代主義的個人自由之風吹入，台灣的作家就像到處亂跳的跳蚤，政治權力的十根指頭如何按也按不住了。到了八十年代以後不但在政治議題上肆無忌憚，在道德議題上也大大擴張，現在似乎是沒有什麼題材是不可以寫的，只要有人肯於出版。賈平凹先生的《廢都》，如果是寫在台灣，也許不需要刪去那麼多字。

政治和道德的壓力雖然減緩，我們卻不得不面臨市場的壓力。如果你的書上不了排行榜，賣不出去，就沒有人肯給你發表，肯給你出版，你寫了只好鎖在自家的抽屜裡了。

第二重壓力是世代接替的問題。時代的變化實在太快了，年長的所經驗的世界，所思索的問題，轉眼間已成過去。新新人類有他們自己的看法和愛好，老一輩的看不慣也沒用，誰也拗不過時間，二十一世紀雖說是所有我們可以熬到那一天的人的，可是嚴格地說是新新人類的，時間在他們的一邊，他們站有絕對的優勢。有一天我問文學所的我的研究生（注意，我說研究生是說他們已經有一把年紀了）到底他們比較喜歡那些作家，有的說比較喜歡張愛玲，我不覺得奇怪；但是有更多的人說比較喜歡舞鶴，有些出於我的意外，因為年紀尚輕的舞鶴作品不多，文字和題材都不同尋常。在座的各位可能不知道舞鶴是誰。但是我奉勸各位，如果想探知未來台灣文學的走勢，不可不拿舞鶴的作品來好好研究研究。

今天之會既然是兩岸交流，多位大陸作家都表示對台灣作家的作品不熟悉，或者沒讀過，我希望從今日起，大陸的作家都能像我們在台灣的作家關心大陸的作品一樣，也多讀些台灣作家的作品，才能真正建立雙方的瞭解。同時希望大陸的文學史家在撰寫中國文學史的時候，也不要忘記把台灣文學以及海外的華文文學也帶上一筆。

二十一世紀轉眼就到了，我衷心地期盼海峽兩岸的作家都能寫出更好的作品，兩岸的人民也都能過著更自由、更富足的生活。

一九九八年十月二十九日在「跨世紀的文學思考——兩岸作家展望二十一世紀中國文學研討會」上的發言

文學論評

詩與誦

中國畢竟是詩的國家，中國的詩有他的特點，中國人吟詩也有他的特點。這一點如果失傳了，將是文化上的一個很大的不幸！我很幸運地聽到了邱燮友採編的「唐詩朗誦」、「唐宋詞吟唱」和「新詩朗誦」。可見當代是不乏有心人的！

這幾套錄音帶在製作上有兩大特色：一是把詩人詩作都作了詳盡的評價和介紹，二是對各家各派不同的吟誦方式也作了重點的分析與比較。但特別難得的卻是匯集了我國各省的吟詩名家，其中不少今已作古，如想重製已不可得了！

不過這幾套錄音帶，我也並不覺得樣樣滿意。我最欣賞的還是潘重規、戴君仁、林尹、齊鐵恨、陳泮藻、章微穎、李日剛、王更生等教授的吟詠，最能保持古風之渾厚自然。其中有幾位以閩南語吟詠的，也很動聽。尤其是莫月娥女士，功力深厚，不可多得。但由年輕學生們伴以國樂群聲朗誦的一部分，我不十分欣賞。這並不是說這樣的吟法違反了我國吟詩的傳統，就必定不好，而是如此的創新尚未臻純熟。群聲難顯個性，又爲樂聲所奪，結果是非詩非樂，兩頭落空。

詩，本來就不應該只寫在紙上，而應該可以上口朗誦的，這正是詩之所以在音律上有所要求的原因。很多詩體的源起，乃來自俚曲民謠。但既演而成詩，則不能再以俚曲民謠視之。詩自然亦可譜之成曲成歌，但既已譜成歌曲，則音樂性已凌駕於詩性之上，亦不能再以純詩視之。所以詩之爲詩，不在歌，而在吟誦。凡詩皆可誦，古今中外皆然也。

然而中國的詩統與西方詩統的最大不同，是西方有詩劇而中國無。元明雜劇戲文自然也是一種詩體，但這種詩體是唱的而不是誦的，與西方之歌劇相當，而不能與詩劇並比。詩劇者，有節奏、有韻律之朗誦話劇也。西方因有此傳統，所以西方詩劇以外的詩作，也多能琅琅上口，可吟可誦，誦詩會可與音樂會等觀，有職業朗誦家，聽眾買票入席。西方的話劇演員，也無不擅長誦詩。

朗誦固然可以空口爲之，也可以配以音樂；鋼琴、吉他是常用的樂器。但重要的是不能喧賓奪主，音樂只爲陪襯，絕不能演成歌劇或伴唱的形式，更不可配以本身有特色的音樂旋律，除非其特色偶與詩之內容及形式兩相諧和。這種情形甚爲少見。幾乎是不可能的。

我國新詩的發展，因爲沒有詩劇的幫襯，常常成爲紙上談兵，不易上口。有許多譜成曲的，像趙元任的「叫我如何不想她」、徐志摩的「偶然」等，則以歌傳，詩味反倒不足。晚近的新詩，如果朗誦起來，很可能不知所云。邱燮友所選出的新詩，卻都是可以上口的。在製作上雖偶然發現朗誦人的聲調太過做作，有失自然，但大體上相當成功，反較配樂的古詩詞動聽。其中有一道瘂弦的「鹽」，是以方言朗誦的，可說別具風味。使人體會到舊詩固然多以方音吟誦，誦新詩也不一定非用國語。

這一套錄音帶，把平面的詩變作了立體，相信對今後詩的發展，一定有良好的影響。

原刊一九八三年八月十六日《中國時報・人間》

所謂喜聞樂見

在文學批評上本來有兩種傾向：一是迎合讀者的口味，一是樹立個人的風格。前者是捨己以從人，後者是邀人以從己。

晚近的中國文風則是強調前者，貶抑後者。在中國大陸上因爲提倡「爲人民服務」，除了少數幾個凌駕於批評者以上的特殊人物，可以不必屈己以從人地盡情發揮一己的個性外，其他的作者無不服膺於人民「喜聞樂見」的這一條科律之下。在台港等地，雖沒有「爲人民服務」的口號，實在卻有爲群眾所操縱的市場供求關係。如果一部作品沒有商業價值，那就足以證明並不是群眾喜聞樂見的作品。

但是什麼才是人民群眾喜聞樂見的作品呢？這個問題恐怕並不容易解答，因爲眾人的口味不同，而風氣時尚易變，所謂人民群眾的口味殊無一定的標準。有時反倒是主持評文的大員來強作解人，認定某些作品是讀者喜聞樂見的，某些作品不是讀者喜聞樂見的。譬如說在大陸上「反右」時期，文評大員便說人民不喜歡右傾的作品；現在反起左來，人民當然又不喜歡左傾的作品了！

在依賴商場上供求關係的地區，文評者固然不會如此信口雌黃，可是出版家卻可設法操縱群眾的時尚。時髦的服裝可以靠了設計與宣傳而暢銷，文學作品也可如此。能夠讀書的人已經不多，其中肯讀書又愛讀書的又佔少數。文學作品不過是眾多書籍中的一部分，在愛讀文學作品的讀者中眞正具有鑑賞水平的又是少數中的少數。因此群眾的口味又怎麼能逃脫開商品性的宣傳與操縱呢？所以人民群眾的喜聞樂見，到頭來不過是一句自慰慰人和自欺欺人的空話！

那麼說樹立個人的風格又如何呢？這個標準雖然也常爲文評家作爲評文的準則，例如說某個作家與眾不同、別具一格等。但是與眾不同或別具一格是否就必定是作品的長處，卻也是個難以定論的問題。何況又違反了人民群眾喜聞樂見的定律，所以這樣的作家可就越來越少了。

今日的中國作家，不管是爲了遵行文藝政策還是商場價値，大家都很努力地創作讀者喜聞樂見的作品。群眾的口味既然難以把握，便只有聽命於文評大員或出版家的市場調查報告。讀者喜聞左，就寫左；讀者喜聞右，就寫右；群眾樂見愛情，就寫愛情；群眾樂見武俠，就寫武俠。作品早已是汗牛充棟，可就是不多麼看得見作者，因爲作家們都捨身忘己的爲讀者而服務了！

原刊一九八五年一月二十四日《中華日報副刊》

捧、罵與批評

我國古代本有相當先進的文學理論和相當客觀的文學批評。劉勰的《文心雕龍》在五世紀來說，不但甚爲細密嚴謹，而且所論的層面很廣。曹丕的《典論論文》和鍾嶸的《詩品》，對當時的作家、詩人都有頗中肯的評語。

然而這種早生的芽苗，後世並沒有茁長成熟。到了二十世紀初期，中國的文學評論家，不得不借用西方的文學理論和批評方法。當時的批評文字多半出自作家之手，像郁達夫、魯迅、梁實秋、李健吾等都曾在創作之餘寫過評論的文章。專門從事文學批評的，反可說是絕無僅有。

最近的三十年來，大陸上幾乎已經沒有了文學批評。這倒並不是說沒有以文學批評之名而寫的文章，這樣的文章比任何時代都多，很可稱其爲汗牛充棟了。只可惜這樣的文章除了「二氣」以外，則不知所云。什麼是「二氣」呢？一是

「奴才氣」，文中張口「主席教導」，閉口「總理指示」，好像除了奉行教導與指示以外，已無任何自己的主張和意見，不是奴才氣是什麼？二是「特務氣」，文中充滿了威脅恐嚇的聲腔，如「不如何如何」，就是「如何如何」，我們就要對之不客氣地進行無情的揭露與批判。像這樣的文學批評，在大陸上如今也自承是「帽子」與「棍子」主義，不足取了！

在台灣呢，雖有幾位很有見解的文學理論家，但平素卻少作文評的工作，因爲這種工作是費力不討好的。光說好話呢，心有不甘，又失之公允；如眞正評隲起來，則不免有開罪人的危險，所以還是以不碰爲妙。以致我們的文壇久已不習於客觀的批評，反受了傳統劇場中捧角兒的影響，認爲批評者非捧即罵，不是朋友，就是敵人了！因此作者看到一篇批評的文章，如果其中有幾句褒語，就認定此人乃爲我捧場，並未考慮也許我眞有幾分長處或此人是否言過其實；如果其中發現了幾句貶語，呀！此人一定是找我的麻煩，也全不反省人家的批評是否正擊中了痛處。客觀的批評與惡意的中傷區別至爲容易，可惜作者在不習慣客觀批評的風氣下，容易感情用事，一感情用事，就會像一個寵壞了的孩子般頓足嚎啕了。

其實寫批評的文章並不容易，如自己沒有博覽的基礎和文學理論的基本訓練，豈敢動筆？正像一個一天到晚只吃家鄉菜的人，叫他來評鑒天下之美味，如何能成？要想具有評鑒美味的資格，第一、不能光吃一種菜，得要多多品嘗天下各種各樣的筵席。譬如說人言俄國的魚子醬或法國的鵝肝是一道美味，如果你自己從未嘗過，又何以得知美在何處？你嘗了以後，很可能覺得實在不美。那你還得要考慮原因何在，是眞正客觀的不美，還是你自己有偏食之弊？第二、你要想說出一道美味的佳處，你必須先知道這道美味是如何燒製的，用的是什麼材料，在什麼情況下燒成，而嗜此美味的又是些什麼人？是美食家？還只不過是以塡飽肚腸爲足的芸芸大眾？本來不管何等美食，並不只爲美食家而燒，也爲大眾而燒，但惜在大多數人，未經行家指點，不一定能夠領略。這是所有藝術永遠存在的一個問題。你看，文學批評正像評鑑美味一樣，豈是人人都可以做的工作？

目前國內很不容易出現了一兩位既是行家，又勇於承擔責任肯於指點的人，實在應該說是作者的幸運。如果眞正是針對作品而非針對人的客觀批評，是褒是貶，對作者都有十分的益處。何況偏頗的批評，並不能影響作品的眞正價値，何懼之有？

凡是從事創作，又拿來示眾的人，不管是文章、樂譜、影片，還是唱出來的歌聲、跳出來的舞蹈，既已示人，就侵入了公眾的權利範圍，不再全爲私有，豈可阻止他人的批評？不願挨批，或是沒有勇氣接受否定的反饋，最好自我欣賞，永不示人！有人評論，即使來者不善，也足以表明他對你的作品看重，總比不爲人理睬而寂寞終古要強。

既然如今有人有勇氣從事客觀而公正的文學批評，作者就該接受這樣的挑戰，脫出捧角兒式的非捧即罵的傳統積習。最好的應戰方略，就是拿更好的作品出來，而不是自護其短！

原刊一九八五年八月十一日《中國時報・人間》

害人的「爲人生而藝術」

今日已沒有人再來爭辯「爲藝術而藝術」或「爲人生而藝術」的問題，因爲「爲人生而藝術」似乎在三四十年代已經獲得壓倒性的勝利，已成爲文學與藝術界的定論，不容置疑了。其實這「論」尚未眞正的定案，事實上過度強調「爲人生而藝術」所帶來的遺害，委實不淺。

人生與藝術本來屬於兩個不同的概念範疇，可以互相涵蓋，但並不必定對立。在對人的指涉上來說，人生自然比藝術重要。沒有藝術，照樣有人生，雖然這人生可能不多麼像人的生活；但沒有人生，則必無藝術，是絕對不用置疑的。

如果我們用富於哲學意味的話來說，我們也可以說：「人生就是藝術」，也就是說生活的方式和形態本身就是一種藝術，勿庸另外創造其他形式的藝術。但這樣的說法，是藝術兩字的引申義，不是我們要討論的藝術所指涉的意義。我們所謂的藝術，是通過種種不同的媒體，所表現出來的人的創造力，像文學、繪畫、音樂、舞蹈、雕刻、建築、戲劇、電影等等都是藝術。

這樣的藝術之所以重要，正因爲具體地呈現了，代表了人的創造力。除了人以外，沒有其他的動物可以創造藝術，除了人以外，也沒有其他的動物可以有如此快速的進化。所以人有「人生」，豬有「豬生」；人有藝術，豬卻無藝術。在這一種意義上，才顯示出藝術的重要性來。

「藝術」與「技巧」和「技術」不同，藝術一詞已經涵蓋了形式、技巧和內容等種種藝術作品所應具備的條件，所以藝術本來就涵蓋了人生在內，正如前所言，沒有人生，即無藝術，那麼在邏輯上來說，「爲藝術而藝術」，已是充足的條件，因其並未脫離人生而獨立，也未嘗與人生對立。反倒是「爲人生而藝術」的口號是不充足的，因爲「爲人生而藝術」不但壓低了藝術的分量，而且形成一句空話，等於說「爲生活而吃飯」一樣，人人皆是爲生活而吃飯，何須道哉？如欲提高吃飯的素質，非要「爲吃飯而吃飯」才有希望。

「爲人生而藝術」如果只是一句空話還不足危害，可怕的是經人的曲解，一點一點地縮小其範圍，於是從「爲人生而藝術」，一變爲「爲政治而藝術」，也就是藝術爲政治服務；從「爲政治而藝術」，一變而爲「爲政策而藝術」，也就是藝術爲政策的宣傳而服務；從「爲政策而藝術」，一變又爲「爲制定政策的人而服務」，也就是我們常聽說的「歌德派」藝術，演變到最後，便只有「奴術」，而無藝術了。這是這三十年來我們目見耳聞的親身經歷。「爲人生而藝術」之危害，豈小乎哉？

原刊一九八五年十一月二十四日《中國時報・人間》

一個文學評論家的晚年

我一向有一種坦然表現自我意見的習慣，不管是用語言還是用文字都是如此，因此我的話中沒有隱藏的話，我的批評相當直接而乾脆，很缺乏那種委婉暗喻的韻致，使喜歡深文周納的人頗爲失望。這種習慣使我結交了不少知心的朋友，可也得罪了不少不知心的人。有的人三言兩語，我就知道可以做朋友；另有些人也是三言兩語，彼此已感到話不投機，只好說再見，以後盡量避免見面。我並不因此而感遺憾，世間可以做朋友的人已經夠多，哪有時間再去應付那些言不投意不合的人！

李健吾先生屬於前者，雖然我們中間隔了幾十年的代溝，如今又隔著生死大限。我的同事卜拉德教授專門研究李氏的作品，他接到一個郵包，打開一看，是一冊厚厚的「李健吾創作評論選集」，翻開扉頁，上面題贈的名字卻是我的，因此這本書就歸了我。其實在李健吾先生去世以前，我還收到他最後出版的劇本《販馬記》。

李健吾先生是我國早期留法的劇作家和文學評論家，他生前我只見過一次，那時他說話已經上氣不接下氣，眼睛裏透露著一種悲哀而落寞的神色。在這本選集裏所附的作者照，眼裏含蘊了同樣悲哀而落寞的神色，跟我記憶中的一模一樣。我不禁自問：像李先生這樣有成就的劇作家和有卓見的文學評論家，爲什麼到老年竟如此的悲哀而落寞呢？我不禁又自我反問：像李先生這樣有成就的劇作家和有卓見的文學評論家，在眾多的「積極先進分子」和「歌德派」以及「自掌嘴巴派」之間，又怎能不悲哀而落寞呢？

三十年來，李先生的劇本不管是在大陸還是在海外似乎都從未上演過。大陸上嫌他的劇本不夠「先進」，海外呢，大概是又覺得他太「先進」了。難怪在這本書的自序裏，李先生自言：「我寫戲確實是一個失敗者。我的話劇，無論是獨幕，無論是多幕，無論是創作，無論是改編，都是在寂寞之中過掉的。不過，有一個人卻不願忘掉它們，那就是巴金。他在大後方重慶還印過我的《戲劇集》。條件多麼壞，紙張多麼可憐，而在我又是多麼可貴啊！」

這本選集裏所收的作品都是李先生在一九四九年以前所寫的，是文化大革命時期所認定的標準的毒花毒草，現在公然印行出版，不免使李先生在生前所寫的序言裏感慨萬千地說：「我感謝出版社有這份勇氣！」

李先生一生寫了不少戲劇、散文和小說，可是他留給我們最深刻的印象卻是他的文學評論。一方面是因爲我國一向從事文學評論的人太少，另一方面則是因爲李先生在文學作品的批評和鑑賞上確有獨到的卓見。三四十代我國著名的作家像茅盾、沈從文、師陀、蹇先艾、曹禺、卞之琳、李廣田、何其芳、蕭軍、葉紫、路翎等人的作品他都評論過。在民國二十五年他以劉西渭的筆名出過文學評論集《咀華集》，民國三十一年又出過《咀華二集》。他對文學批評的見解，可以從他批評沈從文的「邊城」中看出來：

「我不大相信批評是一種判斷。一個批評，與其說是法庭的審判，不如說是一個科學的分析者。科學的，我是說公正的。分析者，我是說要獨具隻眼，一直剔爬到作者和作品的靈魂的深處。一個作者不是一個罪人，而他的作品更不是一片罪狀。把對手看做罪人，即使無辜，尊嚴的審判也必須收回他的同情，因爲同情和法律是不相容的。歐陽修以爲王法不外乎人情，實際屬於一個常人的看法，不是一個眞正法家的態度。但是，在文學上，在性靈的開花結實上，誰給我們一種絕對的權威，掌握無上的生死？因爲，一個批評家，第一先得承認一切人性的存在，接受一切靈性活動的可能，所有人類最可貴的自由，然後才有完成一個批評家的使命的機會。」

在民國二十四年，李先生對文學批評已經有了這種客觀而清晰的看法。但是自從民國三十一年毛澤東首次極具權威地在延安文藝座談會上祭起了「帽子」、舉起了「棍子」以後，三十多年來中國大陸的文學批評就是在「帽子」與「棍子」下渡過的。直到今天，在大陸的經濟政策已經大幅度地右轉的時候，在文學批評上仍沒有顯著的變化。當代大陸上的文學創作仍在盡力追趕三四十年代已達到過的水平。李健吾五十年前對文學的見解與看法，足以使今日大陸上的文學評論家耳目一新。可是這是五十年前的文學批評了，這五十年來中國的文學批評家都做了些什麼？

我不能忘記李健吾先生晚年眼中所含有的那悲哀與落寞的神色，雖然我十分瞭解他那悲哀與落寞的原因。

原刊一九八五年一月十八日《中國時報．人間》

可憐的沙特

一個人的成就感，除了受文化傳統的影響外，同時出於一己的主觀判斷。越是特立獨行的人，越有能力擺脫文化傳統的影響，而由自己的主觀願望來判定一己之成敗。所以說在熱中功利的中國社會，仍可以出現不爲五斗米折腰的陶淵明。一時衝動起來，不計得失利害拂袖而去，並不是件難事，難的是終生在他人的冷遇與白眼中仍能堅守自己特立獨行的信心。陶淵明的可貴處正在其堅持淡泊功利的價值觀而終生不悔。

沙特也是屬於特立獨行一類的人。在他認爲共產主義代表了一種新興的革命力量的時候，他加入了共產黨；在他眼見共產黨轉化成一種藐視人權、侵凌弱小、剝奪盡個人之自由的惡勢力的時候，他就毅然地撕毀黨證，公開跟共產黨決裂。在戴高樂領導法國人抵抗德國的侵略時，他是擁戴派；戴高樂在一九六八年代表當權者壓制學生運動時，他又是反戴派。沙特並沒有出爾反爾，行爲改變的是別人，而不是沙特，沙特始終是站在受欺凌受壓迫的一邊。沙特之所以在法國，甚至於全世界，有如此大的聲譽和吸引力，除了他在哲學與文學上的成就外，實在也因爲他是個行動家，是個社會運動的參與者，在每一個關鍵性的社會運動中，他從沒有置身事外或臨陣退卻過。

在沙特於一九八〇年四月十六日孤寂地死在他巴黎那所老舊而狹隘的公寓裏的時候，我正好重訪巴黎，竟好像是有意安排爲這位我素所景仰的骨鯁老人去送葬的一般。沙特雖是國際聞名的大人物，一般巴黎的小市民竟多半不知道他是何許人也。記得沙特逝世後《世界晚報》的報導，當記者訪問他的左鄰右舍及街上的行人時，有的瞠目不知所對，說從未聽說過沙特這個名字；有的則不大肯定地說：「沙特麼，大概就是拐角上那個賣魚的小販。」沙特同時代的人尚且如此，百年後，千年後，還有幾個人再記得沙特的名字呢？難怪連自信心特強的沙特，對自己身後的不朽也沒有十分的把握了。

在《人間》載沙特生前與西蒙．波娃的對話中，既意外又意中地讀到沙特希望借文學而不朽，卻把哲學看作是達到這種不朽的手段。法國本來就有這種特重文學的傳統，考何奈伊（Pierre Corneille）、莫里哀、哈辛（Jean Baptiste

Racine）、沙都布雷央（Vicomte de Chateaubriand）、斯湯達爾、巴爾札克、雨果、福樓拜、左拉、都德、莫泊桑、羅曼羅蘭、克勞代（Paul Claudel）、紀德、瓦樂希、普魯斯特……這一長串熠熠閃光的人物，不但是家喻戶曉的名字，而且簡直是法國人心目中無上崇高的偶像。莫怪法國前任總統季斯卡・德斯坦（G. d'Estaing）嘗言：「因自思才不足以寫小說，只好去競選總統了。」像康德、叔本華、黑格爾等純重思辨的哲學家，恐怕只能在德國的文化傳統中成長；至於在法國文化系統中的伏爾泰、盧騷、柏格森等則無不沾濡了文學的氣息。沙特又何能例外呢？這是沙特秉承了文化傳統的一面。但沙特之所以爲沙特，卻在於他特立獨行的另一面。他自有主見，從不人云亦云，卻也並非譁眾取寵。他輕視世間的榮譽，是唯一拒絕諾貝爾獎的獲獎者。當然他自己也明白，諾貝爾獎並不能使他原已享有的聲譽再增加分毫。但在世間的芸芸眾生蒐集起功名利祿來不厭其多的情形下，沙特的作爲卻自然有些與眾不同了。不過沙特卻毫不掩飾地承認自己也具有芸芸眾生無法擺脫的那種企圖不朽的妄想，看來彷彿是欠缺一點禪宗的薰陶，不曾認眞地看破紅塵，這就未免顯現出像你我一般的渺小與可憐相了。

在我們旁觀者的眼裏，沙特實在對哲學比對文學用功更勤，卓見更多，貢獻也更大。二十多年前初讀沙特的作品時，吸引我的不是他的表現形式，而是他的思想內涵。我當時的感覺也正如沙特初讀胡塞爾（Edmund Husserl）的書一般，「啊，我所有的想法他都已發現了。」自然使我無法按捺住那種酒逢知己的喜悅。但在多讀了沙特以後，我的文學的心靈便不能不對他老人家沾沾於傳達思想的文學作品抗議起來。他的劇作固然在宣揚某種他認爲接近眞理的思想，他的一連串的通向「自由之路」（Les chemins de la liberté）的小說也是如此。即使在文學技巧上最成功的《嘔心》（我不知道爲什麼有人把 La Nausée 譯作「嘔吐」，原意只是一種噁心的感覺，還沒到嘔吐的程度）也不免仍有「載道」的企圖。比起卡繆（Albert Camus）的《異鄉人》來，在文學的表現方式上就自然差了一截。如果沙特先生地下有知，聽了我對他如此大膽地肆意月旦，恐怕不僅要悻悻然，也定必要大傷其心了，因爲這一下教我踩中了痛腳。一向爭強好勝的沙特，絕不肯向卡繆認輸。沙特之所以拒絕諾貝爾獎，據說正有那麼一點因素，當年該獎先頒給卡繆而忽略了他老人家。可是不管沙特多麼地不願聽這樣的批評，他都無法阻止或改變後人對他的看法。我還記得當日他的劇作《無路可出》和尤乃斯柯（Eugène Ionesco）的《椅子》同晚上演所給予我的感覺。沙特灌了我一腦門子的思想，而尤乃斯柯卻給予我更多的藝術享受。沙特的作品擊中的是我的理性，因此我仍然不得不說尤乃斯柯在戲劇的表現上比沙特棋高一著。如果把沙特的劇作拿來跟貝克特（Samuel Beckett）的相比，那恐怕更要差一大截了。他們雖然同以存在主義為基調，沙特是在滔滔地為存在主義而辯護，顯見得他還對存在主義不十分放心，貝克特卻並不為存在主義辯護什麼，因為他的作品本身就是十足的存在主義。你愛與不愛、信與不信，各隨尊便，多言其有益哉？

我為沙特可悲的是沙特企圖以文學而不朽，不但是押錯了寶，而實在也是押錯了心，押在自己的傷心之上了。我這這樣說，實在是因為我對沙特具有十分的同情，因為我自己也有類似的處境。我雖然沒有進入哲學的廟堂，可是我也有一個相當強韌的理性的自我。這個理性的自我引導我接近了社會科學。但另一個感性的自我卻像沙特一樣緊抱藝術的心靈，使我更看重自己在文學與戲劇上的成就。不幸的是環境卻使我在理智思辨上比在感性的呈露上花了更多的時光和精力。在我的生命中有一個階段，把主要的時間和精力都集中在思考和撰寫碩士、博士以及其他什麼會議的論文上，只有在厭倦疲累了的時候才拿寫小說、做劇本來做為心靈的慰安與潤澤。我有一個短篇小說集就完全是在撰寫社會學博士論文時候的副產品。就我的初衷與願望而言，豈非是本末倒置？直到現在，仍免不了喋喋不休地發表議論、寫雜文，眞是精力的浪費呀！因此我不免恨起那個理性的「我」來了。在我批評沙特的時候，其實我也批評了我自己。雖然我在批評沙特，我卻同時也很感謝沙特，他給我做了前車之鑑，使我在從事文學創作中盡量努力地把那個理性的我壓伏下去，免得去討後人的厭。到底那個感性的我能夠有多少呈露，卻是我自己也沒有把握的事了。

你看，本來該談的是沙特，談來談去卻扯到自家身上來了，這恐怕正因爲芸芸眾生都不過是些自我中心的動物，沙特與你我皆無能倖免。沙特一會兒把自己看得無人可比，一會兒又把自己看成是與眾人無異的平凡與渺小，正是這種主觀的「自我中心」與客觀的「自我定位」之間的矛盾反映。沙特的可愛處是從不曾虛矯地掩飾其內心中這樣的或那樣的矛盾。他一邊廂輕視名利，一邊廂又熱中於不朽，可見他也並不想自描成一個大師，看起來倒更接近卓別林式的妄自尊大的流浪漢或馬歇馬叟的小人物畢普。這跟孔老夫子一忽兒要做待沽的美玉，一忽兒又視富貴如浮雲一樣的迫人發笑。沙特有一個紅顏知己，在他身後把他的眞面目顯示給了世人，使我們不致把他供上香案。孔老夫子卻被他那些在「老人文化」中薰染成性養成了尊老敬上的奇癖的門徒們渲染成道貌岸然的夫子了。因此對沙特我們還敢非言亂語，因爲他有些像我們身邊的朋友；對孔夫子我們只能燒香上供，因爲他已經是不食人間煙火的聖人了。可是在情感上我卻不能不偏愛一些我可以訾議和批評的人。

如果讓我舉一個二十世紀對我影響最大的人物，那就是沙特；但是沙特卻遠不是我所私淑與欽佩的作家。我覺得諾貝爾文學獎頒給卡繆與貝克特，那會讓人心服口服，覺得評審委員們的鑑賞力的確高強。但把文學獎頒給沙特，而不曾頒給尤乃斯柯，卻未免使人覺得諾貝爾獎金會的評審委員們實在有些趨炎附勢之嫌，因爲此獎一頒，榮幸的不是沙特，而是諾貝爾獎。沙特大概也看中了這一層，才狠狠地給他一腳，讓這群趨炎附勢之徒也吃一點苦頭。這一點十足表現了沙特的狡黠與智慧。但有一點不能不說沙特也相當愚昧，他竟說「如果我們的後世是中國人，那他們（對我沙特的成就）是不會怎麼重視的。」沙特並不瞭解喜歡趨炎附勢的中國人並不見得多過於西方人，不然那不爲五斗米折腰的陶潛何能在中國流芳千古呢？可憐的沙特，他哪裏想到如果將來的後世都是中國人的話，他不朽的可能性反倒會更大一些哩！

原刊一九八三年十月二十一日《中國時報・人間》

也談「可憐的」沙特——

馬森先生「可憐的沙特」讀後

傅偉勳

人間版主編金恆煒兄日昨打來長途電話，問我稿件的事。我說剛剛寄去〈如淨和尚與道元禪師——從中國禪到日本禪〉，同時正在撰寫〈沙特與西蒙·德·波娃——一對存在主義的標準情人〉，將盡早寄去。恆煒又問我有沒有看到最近人間版上刊載的〈沙特談文學、哲學與政治——與西蒙·德·波娃的對話〉（十月十四日到十六日），我說看了，很有意思。電話掛斷之後不久，郵差送來人間版近期一疊，我立即翻閱，發現有馬森先生的一篇〈可憐的沙特〉（十月二十一日）。馬先生專從文學藝術的觀點表示他對沙特的一些感想，我在這裏想從哲學思想的角度觀察「可憐的」沙特。

讀了馬先生文後，再讀一遍上述《對話》，頗有感慨，也爲當時已古稀之年

（一九七四年）而雙目已盲的存在主義大師難過。「對話」裏的沙特自述，並不太吻合他在代表著《存在與無性》（*Being and Nothingness*）以及其他純思想性論著所標榜的存在主義論調。首先讓我們考察一下沙特對於自己文學與哲學作品的自我評價。沙特在〈對話〉中有意貶低他哲學作品的價値，因爲他覺得哲學本身沒有絕對的價値。對他來說，文學較哲學占有優位；他很「希望能藉文學而不朽，哲學是達到這種不朽的手段」。

難道沙特竟忘了他的文學創作所需要的源源不絕的靈感，幾無例外來自他那存在主義的哲學思想與實存的心理分析嗎？難道老邁的他已無法瞭解，他的文學作品如果脫離了他的哲學思想，就會失去整個意義與價値嗎？難道畢生高倡實存的抉擇與自我超越而反叛上帝，挑戰死神，且爲維護人存在的絕對自由而完全拒卻所謂「永恆」、「絕對」或「不朽」的沙持，到了生命盡頭居然變成追求「不朽」的軟骨頭了嗎？難道他爲了文學史上的「不朽」地位，寧願全然放棄他所倡導的存在主義思想嗎？

我十分同意馬先生的評語，認爲沙特在法國（甚至世界）文學史上難於企及巴爾扎克、福樓拜、紀德、普魯斯特等文壇巨匠的不朽地位。我的理由是，文學與哲學雖在思想層面可以有溝通之處，兩者的創作動機與目的有本質上的區別。

文學是感性的，訴諸讀者的內在感受，引起他們的同感共鳴；哲學是理性的，作者在哲學作品之中正面提出（而不停留在文學性的暗示）他所積極肯定的眞理或道理，期以論辯講理的方式說服讀者接受他的思路或結論，並進一步啓發讀者依此逐漸改變他的世界觀與人生觀。理性壓倒感性或思想性說教過多的所謂「腦袋文學」所以難臻不朽，就是因爲哲學理性動輒干預文學感性，易於扼殺文學作品所特有的眞善美感意識的緣故。這就說明了爲什麼作者的思想或政治立場極端顯明或暴露的文學作品很難禁得起時間的考驗，終被後世淡忘或淘汰。

沙特期望讀者看重他的文學作品甚於哲學作品，就沒有瞭解到，我所說的「腦袋文學」不足以代表文學創作的眞正本質。沙特自己在「對話」中坦白承認，他的長篇小說不太成功（其實他寫的劇本也是一種腦袋文學，轟動一時之後漸被淡忘），但特別提到他戰後出版的一系列論集，總題《境況》（*situations*），最有可能流傳後世。我覺得沙特這裏的自我評價並不精確。

《境況》論集共約十冊，收集沙特縱橫馳騁地暢論文學、藝術、當代思想文化乃至政治社會問題的各種長篇短論，文體簡潔而筆鋒精銳，確能證示沙特關於時代批判的寫作天才。但是，《境況》論集不能算是純粹文學作品，只能看成沙特哲學與政治思想以及他那實存（的心理）分析的實際應用；而且《境況》論集的內容多半限於我們的時代（課題），下一世紀的讀者恐不會有興趣去閱讀欣賞，遑論「永垂不朽」了。不過，《境況》論集至少證明了沙特是當代數一數二的思想啓蒙家，實存地獻身個人（主體性）與社會（相互主體性）的雙層解放工作，我們不妨把他看成二十世紀的伏爾泰（Voltaire, 1694–1778）。將來的史家當會評爲思想啓蒙上的不朽人物。

我認爲沙特所有作品之中堪稱不朽的是那部哲學主著《存在與無性》，可與海德格的劃時代名著《存在與時間》媲美。當然後者遠較前者更有開創性意義，因爲沒有海德格的哲學奠基，沙特無法在《存在與無性》另闢一面，建立他那現象學的存在論（phenomenological ontology）與存在主義的絕對自由理論（an existentialist theory of absolute freedom）出來。

大家知道，胡塞爾所創立的現象學派，以及存在主義哲學，是當代歐洲哲學的兩大主流。從現象學到存在論（或稱存有論）的轉向過程當中沙特的哲學地位僅次於海德格，而在法國現象學派的形成與發展，沙特是第一個具有哲學獨創力的開拓者；著名現象學史家斯比格勃克（Spiegelberg）在他的兩大冊傑作《現象學運動》（*The Phenomenological Movement*）肯定沙特在現象學的不朽地位。至於戰後從歐洲蔓延到南北美洲與遠東（尤其日本）的存在主義思潮，眞正的帶頭人物就是沙特自己。他在第二次大戰結束之前完成的《存在與無性》，今天已公認爲此一思想運動的首部哲學古典名著；而他戰後公開演講紀錄而成的小冊子《存在主義即是人本主義》（*Existentialism is Humanism*）更是人人傳誦的存在主義「聖經」了。那句著名的存在主義口頭禪「（人的）實存先於本質」（Existence precedes essence）便是出於這本小冊。

奇怪的是，老邁的沙特完全顚倒了他的哲學與文學作品的優先次序，特別期望他的文學作品有「永垂不朽」的機會。問題是在：沙特爲何不那麼看好他的哲學作品？他爲何不能承認，他的所有作品之中，最有不朽希望的是他的哲學著作，而非其餘？

最令人奇怪的是，生命快到盡頭的沙特竟開始大談「不朽」與「絕對」（文學有絕對性，哲學則無）。沙特的口頭禪意味著，人首先是實存（現實存在，眞實存在）著的，然後才去創造傳統的哲學或宗教所謂的「本質」；「本質」指謂固定的人性、價值等等觀念。根據沙特的存在主義，人的實存即不外是無性的意識，意識本身空無內容，它的唯一功能是絕對自由地追求意識以外的存在，構成意識本身的種種對象，而種種「意義」亦由是而生。意識（即人的實存）所以是絕對自由，乃是因爲追求什麼樣的存在，構成什麼樣的意識內容，又創造什麼樣的意義，完全在乎無性的意識如何向非意識的存在投企自己，卻與非意識的存在本身毫不相干。所謂人生，就是無性的意識依其實存的絕對自由不斷地自我投企，不斷地自我超越的有限歷程；而所謂死亡，就是個人實存的絕對自由之消失，如此而已。

沙特所以畢生反對宗教，拒談永恆或不朽，就是因爲他完全不承諾單獨實存的絕對自由以外的任何固定不變的善惡人性、價値理想、哲學眞理或宗教信仰。他所以標榜無神論的存在主義，乃是由於他把「上帝」看成無性的意識與非意識的存在之終極合一；是絕不可能的，因無性的意識不得不絕對自由地追求非意識的存在，無限制地構成意識內容，也無止境地創造新的意義與價値。總之，「上帝」、「永恆」、「不朽」等等觀念，完全是我們自己不勝負荷實存的絕對自由而自逃自欺所由產生的無謂妄念。沙特認爲，實存的絕對自由與個人的全面責任原是一體兩面；但是我們自己由於不願承擔全面自我責任，就編造出種種固定不變的「本質」，故而陷於一種實存的自欺。存在主義的教育工作就在規導我們從實存的自我欺瞞（非本然性）覺醒過來，充分還出我們實存的絕對自由（本然性），面對世界，面對死亡，不斷地創造生命的意義與價値。這就是沙特存在主義的根本眞諦。

既然如此，沙特又何必關心他的作品能否流傳後世甚或永垂不朽？難道「可憐的」老人沙特，由於自知雙目已盲，死期不遠，故而喪失實存的勇氣繼續肯定絕對自由，拒談「不朽」或「絕對」之類嗎？

沙特在〈對話〉中提到他當年拒絕接受諾貝爾獎金等各種榮譽的理由，也不吻合上述存在主義的基本立場，令人搖頭太息。其中一個理由，據他說是他的實際成就早已超過各種榮譽，而贈送榮譽的人根本就沒有資格贈送。難怪馬先生評謂：「沙特卻毫不掩飾地承認自己也具有芸芸眾生無法擺脫的那種企圖不朽的妄想，看來彷彿是欠缺一點禪宗的薰陶，不曾認眞地看破紅塵，這就未免顯現出像你我一般的渺小與可憐相了。」記得當年（一九六四年）我在台大哲學系講授新課「存在主義與現代歐洲文學」的第一堂，開頭就提到沙特拒絕接受諾貝爾獎金的事，大大讚美沙特所做實存的抉擇。還記得我特別提到沙特的一句話：「對我（主張「實存先於本質」的存在主義者）來說，諾貝爾獎金與馬鈴薯又有什麼差別」，在一百多位大學生前費盡了口舌爲他辯護。而今讀了沙特在〈對話〉裏舉出的拒絕理由，我只有苦笑自己當年爲他辯護的天眞氣概了。

馬先生感嘆沙特「欠缺一點禪宗的薰陶」，我也很能同意。當年講授上述新課的我是百分之百的沙特信徒，相信個人實存的絕對自由，除此之外一無所是；

也以沙特的存在主義觀點講解陀斯妥也夫斯基的《卡拉馬助夫兄弟們》，卡繆的《異鄉人》與《黑死病》，以及紀德、卡夫卡等人的文學名作。後來再度來美，在伊利諾大學哲學系撰寫博士論文《現代倫理自律論——沙特與黑耳（英國解析倫理學家）的比較與批評》之時，才開始擺脫沙特存在主義的影響。從更廣更深的哲學角度透視自由論與決定論孰是孰非的古來西方人性論難題，而終於獲致沙特存在主義的絕對自由論遠不如莊子與禪宗所倡無心無爲、自由自在的結論。沙特所云「絕對自由」只能當做近代西方人夢寐以求的人性理想，他卻進一步哲理化爲實存的本然性。

然而從知行合一，心性醒悟的中國哲學觀點去看，西方人所探討的所謂「自由論與決定論孰是孰非」的問題，本來並不是只供空談的純粹理論問題，而是心性醒悟（與否）與日常實踐（與否）的生命課題。沙特本來可以站在實踐優位的立場倡導實存的自由或本然性，但他也像多半的西方哲學家，把「人是否或能否自由」當做客觀的眞理問題，藉自己一套現象學的存在論想在哲理上「證立」或「推演」本質上應屬實踐工夫意義的「絕對自由」出來。沙特在〈對話〉中懷疑哲學的絕對性，實暗示著他對早年建立的存在主義絕對自由論已無甚信心。難怪晚年的他改變初衷，只求文學作品的「不朽」了。

其實，沙特已在一九五〇年代開始懷疑他那存在主義的絕對自由論，頗有空談無益之感，而逐漸傾向馬克思主義，終在一九六〇年出版未完成的哲學大著《辯證法的理性批判》（*Critique of Dialectical Reason*），以馬克思衣缽的眞正繼承人自居。這部宏著的不朽可能性僅次於《存在與無性》，端看此後西方馬克思主義的研究與批判工作如何進展而定，目前一時尚難逆料此書能否留傳後世。在一九五九年沙特所出版的一本《方法問題》，在首章〈馬克思主義與存在主義〉開頭宣言一切哲學是實踐性的，同時又說存在主義只不過是一種「意識形態」（ideology），也是一種「寄生在知識邊緣的體系」，當時驚動了整個西歐思想文化界。然而，沙特去世之前並沒有徹底解決馬克思主義與存在主義孰占優位的問題，因爲他無法放棄馬克思主義所一向鄙視的個人實存的自由。做爲一個典型的知識分子與獨立自由的作家，沙特無法變成徹頭徹尾的馬克思主義者；這是沙特晚年徘徊在十字路口的政治悲劇。

不過沙特至少遵從他所自定的存在主義自由原則，從未正式參加法國共產黨，也從未撕毀什麼黨證。沙特在馬克思主義或共產主義圈內始終是個「異鄉人」。馬先生在他文中說沙特參加過共產黨，與事實不符，我們應該加以澄清。

原刊一九八三年十二月《中國時報・人間》

批評與理論家的時代

文學創作、文學批評與文學理論，在今日看來似乎是三腳鼎立的情勢，其實並非眞正的三腳，因爲批評總含有理論，而理論常源於批評，因此嚴格地說應該是創作與批評的二元對立。在文學創作與批評之間，永遠存在著一種緊張的關係，因爲作家一面期待批評家的鑑賞，一面又厭惡批評家刻薄，如果批評家踩了作家的痛腳的話。過去有人說文學批評家不過是寄生在作家身上的蝨子，以吸取作家的血液爲生。實在說，如果沒有作家，批評家焉有用武之地？又說第一流的人才從事創作，無能創作的人才來從事文學批評，所以文學批評家充其量只能算二、三流的人才。這些話在上個世紀的確有相當的眞實性，那時候創作者名家輩出，批評家卻不多麼精彩。但在二十世紀卻不盡然，二十世紀輪到批評家與理論家來大展身手，像艾略特（T. S. Eliot）、拉岡（Lacan）、李維史陀（Claude

Levi-Strauss）、雅克愼（Roman Jacpbson）、戴希達（Jacques Derrida）、傅科（Michel Foucault）、羅蘭巴特（Roland Barthes）、惹耐特（Gennetes）、陶陀羅夫（Dotorov）等，可說各領風騷，作家反倒不得不在批評家的指揮棒下起舞了。

這種變革，與二十世紀學院的興起有莫大的關係。我國的現代教育學制主要接受了西方學院的影響，西方的學院也不過從上世紀末及本世紀初才眞正建立起學術研究的規模。學院既然以作高深的研究爲目的，那麼文學的研究（包括批評和理論）自然堂而皇之地進入學院的殿堂，而文學創作不與焉。社會中的領導菁英既然多半來自學院的育成，學院便自然而然地取得崇高的社會地位。今日的學位猶如曩昔的科舉，是青年菁英競相獵取的獵物。在社會中固然以高學位相標榜，如想進入學院的殿堂則更非高學位莫辦。在這樣的潮流風氣導引之下，第一流的人才何去何從不言而喻了。

研究，主要取決於理性的思考，所以二十世紀可說是一個理性的時代。對人類的文明，特別是有關於人類的和平共處，理性的思考多所貢獻，然而也就因此不可避免地多多少少壓抑了感性的創造。感性的偏枯對人類的創造力總產生不良的影響，就長遠的發展而論並非善事。在文學的領域，中外的學位並不重視創作，設有文學創作系科的學府可說絕無僅有。依憑創作謀取學位或謀取教職，也幾乎是不可能的事。即使魯迅再世，也勢必無法以《吶喊》或《徬徨》在學院中謀取教職，但是研究魯迅的專家卻可盤據教授的高位。這豈不等於鼓勵解析，而蔑視創作乎？

文學創作，與其他藝術創作一樣，都出於人類自動自發的原始衝動，不會因爲不受重視而消形斂跡。在西方，有些作家仍能揚名立萬。一書暢銷，固然可以保證半世，甚或一生衣食無慮，但這樣的幸運兒畢竟是少數，大多數有志從事創作的人，如果一味堅持不移，則難免有喝西北風之虞。在我國，即使多書暢銷，也難望維持數年生計，寫作只可作爲副業，專業作家可說鳳毛麟角。相反的，取得文學研究學位的批評家，卻大都可以保障一世的衣食。最近的一個例子足以說明，大家都公認才情橫溢的小說家張愛玲女士離開大陸來到香港，多時徘徊在香港的英文大學和中文大學的門牆之外，不得其門而入。不得已隻身赴美，不幸又嫁給了美國的二流作家，越發與學院無緣了。雖有夏志清教授的大力推薦，也不過謀得一些學院周邊的臨時工作，餬口而已。此例表明過去批評家容或有寄生之譏，今日的作家卻不得不靠批評家的提攜。

不管是努力多年而不遇的作家，還是初出茅廬的新銳，一經名家（批評的名家）品彈，立刻身價百倍。仍以張愛玲女士爲例。六〇年代前，很少讀者接觸過張氏的作品，大陸出版的現當代文學史甚至從不提張氏的姓名。但是自從夏志清氏的*History of Modern Chinese Fiction*出版以後，由於夏氏對張愛玲的破格譽揚，給予張氏專章處理與魯迅並列的殊榮，不旋踵張愛玲的作品在海外已洛陽紙貴矣。如今連大陸的文評家也不得不對張愛玲刮目相看。此外，歷年的諾貝爾文學獎得主，除了靠自己的實力外，也不能不靠文評家的譽揚，否則他們的聲名難以到達諾貝爾文學獎評審委員之耳。如果是西方主要語言以外的地區，更要依賴優秀的翻譯，而優秀的翻譯常常出之於文評家之手，蓋職業譯家難有像文評家一般的錦心繡口也。

如說二十世紀中創作未受到學院的重視也不盡然，作曲家、演奏家、畫家等的培育似乎仍在專業教育學院之中，雖然一般的大學可能沒有相當的系所。唯獨文學創作是一個例外，一般大學不管，專業教育也不問，留給作家實習生去進行自我教育，自我陶練，難怪作家無法跟文評家在社會上作公平的競爭了。這種現象是否說明我們更需要作品的解析者，不需要作品的創造者呢？恐怕這也不盡然是學院教育的初衷吧？

鑑於文學上理性與感性的失衡現象，西方有些大學早已開始增設駐校作家，以便把長久排斥在學院之外的優秀創作者請進學院之內，雖然在體制上一時無法納入編制，在待遇上倒可比照教授、副教授或講師的等級，目的除了把文學創作引進學府外，也給予作家相當於文評家一般的生活保障，免得遭受書不暢銷時失炊之苦。

我們雖然總是後知後覺，在世紀末的此刻倒也看到了文學上這種理性與感性失衡的現象。先是中央大學首開駐校作家之例，後來台北師大、成功大學、東華大學等相繼跟上，使文學院的師生在理性的解析之外，有幸重燃感性的創造的火炬，受益的將不限於文學院的學子，整體社會也將蒙受其利。

也許下一個世紀作家又可恢復昔日的光輝，不讓文評家獨領二十一世紀的風騷！

原載一九九八年十二月《文訊》雜誌一五八期

論提高武俠小說的素質

武俠小說在小說中自成一種文體，有其基本的讀者群，有其應有的社會功用。但是歷代中外的文評家均未把武俠小說看作是嚴肅的文學，究其原因，正因爲武俠小說的目的乃在面對人生問題時採取逃避與妥協的方式。逃避與妥協當然不算是一種嚴肅的態度，所以才會與面對人生問題的文學作品有這種態度上的基本區別。

人固然應該要面對自身的問題，但是時時面對，處處面對，畢竟也是件勞心而傷神的事，因此有時也需要有個逃避之所。通俗戲劇、幻夢似的愛情故事、偵探小說、武俠小說等等便因此需要而生。在技法上多麼高明的武俠小說，也不能夠突破這個逃避現實的基本條件，如果突破了那就等於放棄了它的心理的和社會的功用，也就不成其爲武俠小說了。

武俠小說與嚴肅的小說各有各的基本讀者，前者是逃避人生問題的人，後者是面對人生問題的人。但正如上文所言時時處處地面對人生的問題，實在非常累人，所以嚴肅小說的讀者有時候也要逃避一下去讀一讀武俠小說；而武俠小說的讀者呢，偶爾也會面對一下，去讀一讀嚴肅的小說。然而在通常的情形下，這兩個讀者群是兩種不同的人。世界上既有兩種或多種不同的人，也就自然產生適應兩種或多種需要的兩種或多種不同的小說。

既然武俠小說是適應這種心理和社會的需要而產生存在的，所以在寫作的技法上處處都要爲符合這個基本的條件而設想。《俠盜羅賓漢》寫得很精彩，但不算嚴肅的文學。大仲馬的《三劍客》非常膾炙人口，但也不算嚴肅的文學。有時候因爲某種原因，或帶入了嚴肅的社會問題，或剖析了基本的人性，使武俠小說嚴肅了起來，這時候它獲得了嚴肅文學的名分，卻失去了武俠小說的光彩。《水滸傳》也許可以歸入這一類。眞正想逃避現實的武俠小說的讀者大概不多麼喜愛看《水滸傳》的，因爲覺得太正經八百了，看起來累人。

從前有不少人嘗試提高武俠小說的素質，使其進入嚴肅小說之林，結果無不勞而無功、中途而廢。那正因爲沒有弄清楚武俠小說之所以成爲武俠小說的條件就在於不嚴肅。現在勉力來寫一部嚴肅的不嚴肅的作品，有邏輯上難以克服的障礙。這就好比人看了妓女的處境，產生了憐憫之心，要把妓女改造成家庭主婦，卻忘了妓女之所以存在，正因爲有喜愛妓女的眾多嫖客。把妓女改造成家庭主婦，嫖客就不上門了。自然妓女也有從良的，但從良以後也就不再是妓女了。

原刊一九八四年十月四日《中國時報・人間》

我看武俠小說

上期針對王朔對金庸的批評，我表示了一點不同的看法，主要是不贊同王朔的出發點放在作者的出身地域及省籍上以及他對金庸及其他作家所做的人身攻擊，並非全然否定王朔對武俠小說的觀點。

最近中視推出的八點檔武俠連續劇《笑傲江湖》，使我又重溫了武俠小說的一些形象化了的細節。其中打鬥的場面固然頗吸引人，但是一進入人物的對話，觸及人物的心理及人際關係，馬上就別扭起來了，怎麼聽、怎麼看，都不對勁兒，不像是人，倒像是爲人作弄的傀儡！如果眞正是傀儡戲，也許可以接受，因爲傀儡戲有傀儡戲的章法與不同於人的美學要求。然而不幸的是他們不是傀儡，而是由眞人來扮演的，那就使人覺得這些人物似乎徒具人形，而無人質，看著說有多別扭，就有多別扭！然而，據說收視率三台第一。

《笑傲江湖》是金庸的名作，金庸怎會同意把他的小說拍成這個樣子？追問起來，難道說竟是電視劇導演之過嗎？倘使小說本就是這麼寫的，不拍成這樣子，又能拍成什麼樣子呢？

我並非武俠迷，可也是看武俠小說長大的。在小學的最後幾年，很迷過一陣子武俠小說，《七俠五義》、《小五義》、《七劍十三俠》什麼的伴我度過了無數個孤獨的黃昏。但是到了中學時代就不再迷了，原因就是覺得武俠小說的作者太偷懶，寫來寫去都是一些公式，情節不合理，人物沒有令人信服的性格和心理，看了教人生氣。多年以後，在國外教書的時候，正趕上金庸的武俠小說風行一時，海外的留學生大都看過。我忍不住，向朋友借了一部《鹿鼎記》來看，一口氣看了兩天，又看了半夜，才看完。的確很吸引人，那是由於情節的迷離奇幻，使人一心想要知道後事如何，就跟看偵探小說、奇情小說是一樣的道理。其實武俠更甚於偵探與奇情，該二者仍在人的世界之內，不能不遵守人的心理邏輯，武俠小說卻遠遠飛向人的世界之外，不必要依循常人的邏輯。如果說奧運的運動員代表了人類體能的極限，武俠小說中的人物卻個個遠超過人類體能的極限，個個都是超人，當然也是非人。英國作家福斯特（E. M. Forster）把小說人物分作「扁形的」和「圓形的」，武俠小說中的人物既非扁，更非圓，只能說是「超人型」

的。《鹿鼎記》中的韋小寶更加奇特，不但在過去的武俠小說中沒見過，就是在這個世界上恐怕從來也沒存在過這樣的人。他當然也是個超人，或者是個非人，不會具有人的血和肉，是由作者金庸在後台牽線的一個玩偶！他一點武功都沒有，可武功再強的人都打不死他，因爲作者不准他死；他又痞，又壞，可天下的美女偏偏都愛上他，因爲作者安排如此。武俠小說不深入挖掘人物的心理，也不探討人生，玩的就是那一點人人看得懂，又不能求取甚解的情節，這就是武俠小說所以成爲通俗小說的道理。

另一個英國作家兼評論家安東尼・布爾吉斯（Antony Burgess）認爲通俗小說若是寫得好，也該有它的地位。他曾說通俗小說與藝術小說的區別主要在於前者以寫情節取勝，後者以寫人物取勝。這句話很有些道理。武俠小說畢竟屬於通俗的一類，所以作者不得不把重心放在曲折離奇的情節上，無暇兼顧人物的描寫。金庸也不過把傳統武俠小說中正反分明的人物寫得正反不分，已經是種突破了，他仍不能賦予武俠小說人物以血肉。不是金庸沒有這樣的文才，而是受了武俠的類型所限。沒有超人的武藝，怎算武俠？沒有離奇的故事，又怎算武俠？正因爲有了超人的武藝與離奇的故事，人就難以成其爲「人」了。武俠小說的作者於是乘著想像的翅膀飛向了無限。

武俠小說中的人物雖然沒有血肉，但照樣會吸引大批的讀者，可見讀者的多寡與人物是否有血有肉無關。人們好奇，武俠小說中離奇非常的情節足以滿足人們的好奇之心。人們喜歡逃避，武俠的世界正可以使讀者不必面對現實。人們嗜好刺激，武俠小說專門提供刺激。閱讀武俠小說所獲得的刺激，正如菸、酒、賭博一樣，久而成癮，會變成一種「耽溺」。耽溺是人類精神墮落的象徵，正與藝術所帶給人的精神昇華相反，所以武俠小說只能向通俗中耽溺，無法向精緻中提高，也無能進入洗滌心靈的藝術之列，實乃其取向使然。王朔所說的「誰讀金庸就叫沒品味，一概看不起。」指的應該是這一點，而非因爲金庸是「住在香港寫武俠的浙江人」。

然而讀武俠小說是否就該教人看不起，卻值得斟酌。從統計上看來，世間人追求昇華的少，情任墮落的多，畢竟人是泥土的兒女，擺脫不了大地的引力。既然屬於人類的多數，就有他的道理，不容忽視，也不應輕視。墮落，有時也是一種生存的必要，正如厭煩了天堂的人，可以嚮往地獄。人生存在世，豈僅一意爲了昇華？所以菸、酒、賭博，明知其害，很多人嗜之如命；武俠小說，讀之無益，但嗜痂者大有人在。這就爲什麼今日小說界唯武俠與言情兩枝偏秀。武俠小說的寫作與出版不但成爲出版業的大宗，而且成爲一種社會現象，值得重視。武俠小說應有自己的美學標準，如以人學來讀，定當失望；如以人學來拍成電影或電視劇，定當失敗。既然是一種特有的類型，寫的人、拍的人，應該弄清楚自己在作什麼。明明是傀儡化的人物，偏要當作血肉之軀來處理，那就違逆了人的美感認知，難免教人發毛，使人起慄。

武俠小說做爲一種通俗小說的類型，有其存在的必要。不願耽溺的人，如王朔者，可以不看；喜愛墮落的人，不妨多讀，總不會導致菸、酒、賭博那種嚴重的後果。文學的路雖然艱難，武俠小說的作者卻常可名利兼收，不怕後繼無人。多才如大春者，近來也下海寫起武俠來，也許他具有改造武俠的巨大野心，但是如何改造呢？飛得離世界更加遙遠嗎？還是企圖在武俠的外殼中塡充進人世間的微言大義？也許這樣的作品會達到熱賣的目的，遂了出版商的意願。但，如果仍不出「武俠」的型類，便難脫「非人」，難脫「奇情」，難脫「通俗」，眞怕浪費了像大春這樣的才華！

原載二〇〇〇年三月《文訊》雜誌一七三期

我看言情小說

言情小說之被稱爲「通俗小說」實在有些冤枉。人之有情，如樹之有葉，非獨是生命中不可或缺的滋潤、養料，也使生命因而揮發出華美的光彩。抒情詩之所以佔據古今中外詩作之大宗，良有以也。

但是「言情小說」之「情」，非指一般之情，乃專指「愛情」而言。今日籠統地說，小說是反映人生的，人生少不了愛情，小說豈可遺漏？不過這是現代人的觀念，並非古代亦如此。我國古代不講愛情，只講婚媾，即使偶遇有關愛情的篇章，也會另作解釋，如「關雎」篇，解作「后妃之德」是也。小說源於稗官野史、殘叢瑣語，在三言兩語的那個階段，或述異紀奇，或雜錄人間瑣事，固然可以不及愛情，即使後來出現的長篇大作如《三國志演義》、《水滸傳》、《西遊記》等也可以不談愛情。《金瓶梅》裏邊到底算不算寫了愛情，仍然是個疑問，乃因男讀者不見得認同西門慶，而女讀者又難以認同潘金蓮或李瓶兒，他們之間的愛情常被讀者視為男女之慾，避之唯恐不及了。

細數我國早期的小說，言情的實在不多，蓋與我國古代的社會不講愛情有關。雖然不講愛情，並非沒有愛情，被視為非禮的男女私情仍間或在理教的夾縫裏若隱若現，所以小說終歸無法規避這一種主題。專寫愛情的小說應該說始自唐人小說，如陳鴻的《長恨歌傳》、白行簡的《李娃傳》、元稹的《鶯鶯傳》等。明代的《玉嬌梨》、《平山冷燕》、《好逑傳》等專寫才子佳人兩情相悅，不幸遇到種種阻礙，幾經奮鬥，再加機遇，終於團圓，應該就是今日「言情小說」的濫觴了。這些小說是最早譯成歐文的中國文學，緣因西方人喜愛言情猶勝於中國。十九世紀法國的言情小說諸如《曼儂．勒司戈》、《茶花女》等曾經暢銷一時，不獨在書市發燒，而且搬上舞台，配之管弦，感動了廣大的讀者與觀眾。這些小說多以悲劇結尾，有別於我國有情人終成眷屬的寫法。英文小說中的romance更形成一個龐大的次文類，先在書市告捷，隨之搬上舞台、銀幕的在所多有。

在我國，到了《紅樓夢》出現，可說集愛情說部之大成，使讀者不能不為纏綿悱惻的寶黛之戀一掬同情之淚。然而像《紅樓夢》這樣的小說，雖說是言情，卻不能單純以言情小說看待，因為其中包羅至廣，也寫了社會，也寫了家庭，也寫了人生的空幻，可說是橫看成嶺，側成峰。這些層次可能並非一般讀者所愛，所以言情小說也可以寫得不通俗。

言情小說之所以流於通俗，乃因其在言情之外，別無其他。藝術小說中也寫愛情，但在愛情之外總還有些別的成分，譬如說寫人的性格、命運以及世態炎涼、人生無常種種，就把愛情和人物都深化了。一深化，讀者就少了，所以走大眾路線的言情小說不能深化，唯求暢銷。今日寫愛情的藝術小說不同於屬於次文類的「言情小說」之處，恐怕正在於藝術小說是通過愛情來寫人，而言情小說卻是通過人來寫愛情。

我國到了清末，受到西方文化的衝擊，兩性之間的關係發生重大的變化，從男女授受不親、父母之命、媒妁之言，一變而爲熱烈追求「自由戀愛」，似乎突然間啓發了中國人的情愛之心。小說的寫法也手從心轉，於是言情小說大行其道。蘇曼殊的自傳體的文言小說《斷鴻零雁記》等甚爲時人所推崇，徐枕亞的《玉梨魂》是繼陳球《燕山外史》、魏子安《花月痕》之後的文言駢體小說，文采粲然，也有一定的讀者群，但是最流行的應屬《小說時報》、《小說大觀》、《禮拜六》等雜誌上刊載的白話言情小說，人稱「禮拜六派」，或「鴛鴦蝴蝶派」。最著名的作家有包天笑和周瘦鵑。前者著有《流芳記》、《拈花記》、《瓊島仙葩》

等十數種，後者的作品更多，代表作有《恨不相逢未嫁時》、《此恨綿綿無絕期》等。後來自辦《半月》、《紫羅蘭》、《樂觀》等刊物，專刊自作的言情小說。此外，吳雙熱、李定夷等也是箇中高手。民國以來，大家熟知的有張資平、張恨水，皆以言情名家。前者專寫三角戀愛，後者以言情寫世情，帶有濃濃的鄉土味，他的《啼笑姻緣》、《金粉世家》等作廣爲讀者所喜愛，改編成各種劇種，也多次搬上銀幕。其實，通常認爲的嚴肅作家，像茅盾、巴金者，也有言情之作，不過因爲加入了革命意識、反抗情懷，不類一般的純言情而已。

在台灣，最有名的言情作家，首推瓊瑤，從六十年代紅到世紀末，從台灣紅到大陸，從書市紅到銀幕，又紅到螢幕，這樣長青不衰的作家，可說是二十世紀華文文學中第一人。瓊瑤掌握到「通俗」兩字，絕不放手，故能牢牢抓住二十歲以下及中等教育程度的青年讀者，他們正是不虞匱乏的廣大群眾。此外，張愛玲、三毛、王安憶等也該納入言情之列。特別是張愛玲，雖說比較有深度，似也不能以言情二字所局限，但其取材，泰半仍不脫男女之情，如果不把張愛玲算作言情作家，未免把「言情」看輕了。

言情小說正像武俠小說，不寫微言大義，不做文字經營，只在一個「情」字上下工夫。書中主人翁，男性多半具有潘安之貌、宋玉之才，女性常不脫沉魚落雁、閉月羞花，然後相悅的兩情必定遭遇種種挫折與磨難，最後總以有情人終成眷屬作結（也有以悲劇式結尾的，蓋受西方言情的影響）。這樣的作品寫多了，當然無法不趨向公式化，也許有一天編入電腦程式，即不再煩人腦構思了。好的言情小說，能夠掌控人物性格，多用心於文字，且含有多重意涵，像《紅樓夢》者，也會進入偉大的文學之林。

愛情通常僅限於兩性之間的愛，至於同性之間的愛算不算愛情呢？過去似乎是不算的，所以像《品花寶鑑》這種寫同性之愛的小說被魯迅在他的《中國小說史略》中納入「狹邪」一類，與寫娼妓、嫖客的《海上花列傳》並列。如今當然不同了，白先勇《孽子》、朱天文的《荒人手記》、邱妙津的《蒙馬特遺書》等，沒人敢再稱之謂「狹邪」！

如果說言情小說並不具有精微的文學意義，卻不能否認其所具有的社會學意義。一般人在成長的過程中，所接觸的文學當然是通俗文學，取其易讀有趣。特別是在《安徒生童話》、《格林童話》、《愛麗絲漫遊仙境》等一類的童書普及以前，少年人開蒙之書不就是言情與武俠嗎？其實言情與武俠都有些童話的傾向，所描寫的世界都不是寫實主義所模擬的成人世界，他們脫離塵凡，自成系統，雖然有些幼稚，卻正好迎合了青少年富於夢想的特質，所以自有廣大的青少年讀者和那些不失童心的成年人的喜愛。

原載二〇〇〇年四月《文訊》雜誌一七四期

回首諦視——評程抱一《天一言》

自鴉片戰爭以來的西潮東漸，無不是中國被動地接受西方文明的衝擊。中國以其數千年積累的文化智慧，是否也可以有反饋西方世界之處？答案毋寧是肯定的，只在等待有能力傳遞信息的擺渡人而已。

這一個世紀，中國曾向西方世界送出了大批的留學生，目的是向西方取經，取經歸來的留學生們也的確把中國帶上了西化（或現代化）的道路。但是也有小部分留學生選擇留在西方，不但決心歸化為所在國的公民，同時也更加努力融入所在國的社會。在融入的過程中，自然必須十分用心地吸收西方的文化、掌握所在國的語言，以俾做為一個外來者在本土的群眾之中也有脫穎而出的機會。他們在西方所發生的散佈中國文化的作用，常常遠超過少數幾個從西方東來而後回歸的所謂漢學家。在文學創作的領域中，美國出現了以英文書寫而大獲成功的小說家哈金，法國則出現了連連獲獎的詩人、小說家程抱一。他們都是深受東西方文化雙重滋養的人，有能力做為兩個文明之間的擺渡者。

程抱一本名程紀賢，是一位學者，曾以符號學理論寫成的《中國詩的書寫》（*L'Écriture poètique chinoise*）一書聞名學界，也曾對中國的書畫做過精湛的研究，而且是首位榮任法蘭西院士的東方人。《天一言》（*le Dit de Tianyi*）是他第一部以小說形式呈現的作品，不想出版後在法國不脛而走，先獲得費米娜文學獎（**Prix Femina**），繼又獲得法蘭西學院法語系文學大獎，後者等於肯定並讚揚了出生在中國的程抱一在法國語文和法國文學上的造詣與成就。

《天一言》是以法文書寫的中國留法學生天一的故事。天一是個畫家，先在中國從一位隱居的大師習畫，到法國學習西方的繪畫之前，並曾到敦煌臨摹壁畫，是一個對藝術與自然具有高度敏感的人。在天一成長的過程中，他遇到過兩位知音：玉梅，是他終生愛戀的對象；浩郎，是他最知心的朋友。玉梅與浩郎後來並結為夫婦。天一在中國遭遇浩劫的時刻之所以選擇回歸故國而未繼續滯留法國，也完全是為了玉梅與浩郎的緣故。愛情與友情形成了天一生而為人的至高價值。這本書的特殊之處乃因使用了更「適合挖掘隱密的感情、難言的情懷、複雜的心理糾結」（程抱一語）的法文的緣故。使用法文書寫一個中國畫家的情懷與遭遇，正是在兩種文化之間擺渡的一種最佳方式。作者自己已經離開故土半個多世紀了，然而他寫四九年中共當政之後的中國情況以及文革所帶來的災難，歷歷如繪，正足以說明他對故土的關懷之殷，用心之切。但是畢竟他身居異邦，又長久浸淫在另一種文化之中，使他回首諦視的眼光殊異於身在廬山之中的人，是否看得更透？對中國文化的諦視更加客觀？對人間關係更有一種嶄新的體會？對大自然的沉思更加深入？這許多問題都需要讀者自己去尋求答案。總之，對中國的讀者而言，回首諦視代表了一種超越母體文化的新觀點，有一種清新的氣息呼吸在文字間，是否也可為中國文學帶來一些激勵的作用呢？

當然這本充滿了中國鄉土風情和中國文人氣息的說部，也會為法國文學帶進一陣清新的風。同時，熟悉法國文學的人也會發現作者所習染的法國小說大家，諸如普魯斯特（Marcel Proust, 1871-1922）、羅曼羅蘭（Romain Rolland, 1866-1944）、紀德（André Gide, 1869-1951）等的風味也時或在這本書中展露出來。猶記得六〇年代我們在創辦《歐洲雜誌》前後在巴黎陶卡德厚廣場一家咖啡館裡定期聚會的日子，那時候我和抱一都正在撰寫博士論文。後來我赴墨西哥為墨西哥學院創辦中國文化研究中心，抱一留在法國成就了他以後的學術聲名。

最後應該說的是楊年熙的譯文，除了稍微更動了原作中的一些章節（譬如第一章原文第二十一節在譯文中分作第二十一與第二十二兩節；第三章原文有十三節，譯文拆作十五節）外，文筆流暢得如中文創作一樣。

原刊二〇〇二年二月十七日《中國時報・開卷》

小說家的本來面目——評李銳《寂靜的高緯度》

作家有兩種：一種是思想性的作家，像托爾斯泰、杜斯妥也夫斯基、沙特等；另一種是感受性的作家，大多數作家均屬此類，李銳也屬於後者。雖然讀者常期待在文學作品中受到啟發，但是一旦思想過度膨脹，影響了作品的美學要求，也非讀者所喜，因此感受的深刻正是一個作家的當行本色。本書中李銳一再書寫他與沈從文、汪曾祺的生氣相通，可以窺見作者的寫作傾向。

李銳本是小說家，這本書以散文的面目問世，正如黃錦樹先生在序言中所言，是一種小說的「剩餘」，讀後的感覺也確是如此。雖是剩餘，但並非多餘，看了李銳的小說，總想知道些李銳是何許人也，在散文中因為作者直接以本來面目對讀者說話，便無可掩飾地顯露出本人的面貌。李銳曾是文革時期下放的知青，他的呂梁山經驗不是我們身居海外的人所能有的，說是不幸，也是大幸，如沒這樣的經驗，難以寫得出《厚土》、《舊址》那樣的作品。但是只有經驗也非產生優秀作品的保證，抗日戰爭時期的特殊經驗，到如今仍未產生一部可歌可泣的文學佳作就是明證。李銳能將他的經驗成功地文學化，正因為他有文學家當行的深刻感受和足以將此感受化作文學藝術的能力。

這本散文集使讀者同時領略到他的生活感受和語言文字的功力，不論是寫文革時期的回憶，還是寫對外開放後遊歐、遊美、遊台灣的種種觀感。最使我欣慰的是，在他的筆下沒有那種使人一望即知的「社會主義」文體與文風（用李銳的話說是「政治話語霸權」），即使在有些已經移居西方多年的大陸作家中仍難避免。我也想為什麼大陸有些少數的作家沒有沾染到那種「社會主義」的特殊口氣？大概每人都有些不同的原因，至於李銳的原因，在本書的〈生日〉一篇可以獲得解答，這是散文比小說有利的地方。

李銳畢竟是小說家，本書中那些描寫人物的篇章很像小說，當然也是散文，朱自清的〈背影〉就是先例。其中那篇〈老林溝的故事〉就不能不說是小說家之言了，不知是李銳聽來的，還是出於一己的虛構？沒有蒲松齡的浪漫，卻更像一則寓言，不懂風情的天牛使用暴力的結果，造成老林溝樹木枯死，山體崩塌，土石飛濺，使一條泥河在呂梁山一帶「發瘋一樣地橫衝直撞，過村淹村，過田沖田，再使什麼方法也擋不住了。」這則寓言說的是呂梁山的命運，還是中國人的命運呢？

原刊二〇〇三年十一月二十三日《中國時報・開卷》

另一種的紀實小說——評郭楓《老憨大傳》

自從胡適提倡寫傳記後，沒見多少響應的人，出色的文學性傳記更加少見。這些年市面上所見的傳記，不是政客的政治宣傳，就是大亨的商業廣告，讀的人大概心存羨慕、或出於好奇，想學學登龍之術或謀財之道的吧！像郭楓的《老憨大傳》這樣文學性傳記的出現，不能不令人驚豔。

生於二十世紀前半期的大陸人，大多數經驗到社會主義革命、反右鬥爭、三面紅旗、文化大革命等等既轟轟烈烈又悲慘絕倫的人生，如今也留下了不少反思的或傷痕的紀錄，唯有一部份台灣光復前後來台如今被稱之為「新移民」的大陸人，前半生在大陸，後半生在台灣，經受了極不相同的命運，他們的遭遇和感受的傳記紀錄卻付之闕如。中年以上來台的老一輩的學者、作家，像胡適、傅斯年、羅家倫、梁實秋、蘇雪林、臺靜農、謝冰瀅、陳紀瀅、姜貴等，留下的作品不少，除了胡適留下一部自傳（包括〈四十自述〉），但不能當小說讀），其他人似乎並沒有自傳。朱西甯倒是寫了一部未完成的《華太平家傳》，類似自傳，卻更像小說。郭楓的這部《老憨大傳》類似小說，其實是自傳，正好彌補了這樣的罅隙。

郭楓生於三〇年代初期，他說不記得確實是哪一年了，算來跟我如非同年，也相差不過一兩歲而已，可說呼吸著相同的時代空氣，經歷了類似的命運。我們來台時都不過二八年華，青年以後的大部分的光陰都是在台灣渡過的。他所敘述的社會環境、關鍵人物和時代氛圍，我都熟悉，讀來分外親切。

這部長達三十多萬字的自傳，還只是寫了郭楓從出生到十五六歲來台為止，只能算上傳，來台以後數十年生涯的下傳，猶待作者繼續努力。

雖說是自傳，為了引起讀者的興趣，作者採用了小說的筆法。從書中的主人翁老憨在國府開放大陸探親後回到老家徐州，被當地的幹部奉為前來投資的台商貴客大事鋪張招待開始，然後回溯到老憨的童年和青少年時光，有悲涼，也有幸遇，在現在和過往的歲月中穿梭往返，讓我們領略到那個戰亂時代的城鄉狀貌以及人民在戰亂中求存的種種苦況。

老憨的父親原是出身黃埔軍校的國民黨高級軍官，不幸在老憨幼年就去世了，母親出家為尼，所以老憨和弟弟二人頓成孤兒。幸賴外婆和郭家伯父、堂兄等照顧，才不致流離失所。不幸的是家中橫遭匪禍，劫財而外，兼劫殺了老憨的兩位伯父，老憨等兄弟越牆藏匿到鄰家才逃過一劫。事後只靠最年長的也不過十六歲的堂兄撐持家業，當然就十分艱難了。在堂兄的著力支持下，老憨好歹尚能在鄉村私塾就讀，艱難的生活使他自幼即知道發憤用功，後來幸蒙已成軍中重要將領的父親生前至交資助，得以在徐州及南京繼續學業。最後，托父親的黨國關係，得以進入南京的遺族學校。該校為蔣夫人宋美齡所創，自然多所眷顧，在共軍解放大江南北的關鍵時刻，遺族學校的師生才得以輾轉來到台灣。

這一段經歷，看似短促，其實概括了十數年的國仇家恨，從日軍侵華的慘烈，寫到國共鬥爭的恐怖，從一九三七年七七事變到一九四九年的國共最終決戰，十二年間正是大陸人民遭受生靈塗炭的悲慘歲月。如說外來的日軍殘酷，國共之間的兄弟鬩牆也不遑多讓，如再對照文革時共產黨同志間的流血鬥爭，真沒有理由厚責外族了。

身為國軍遺族的老憨，與國民黨的關係不能說不深不厚，但他也不能否認在勝利後國民黨的腐化和顢頇，失盡民心，才會造成國共對決的大挫敗。二次大戰後，共軍的裝備比國軍相差遠甚，據「讀者文摘」出版的《我們輝煌的世紀》（*Our Glorious Century*, 1996）一書所載，在國共內戰中美國前後援助了國府二十億美元裝備國軍，都未能挽救國軍慘敗的命運。最高領導的私心自用，不顧民瘼，是最大的原因。雖然來台之後，蔣氏父子洗心革面，為台灣建立了民主的初階和經濟的繁榮，但是他們在大陸留下的卻是苦澀的記憶。經濟的大崩盤，使僥倖在戰火中存活的人民難以生存。翻開我中學時代的集郵簿，民國三十二年發行的面額貳元、陸元等的郵票，到了民國三十五年中華郵政總局成立五十週年發行紀念郵票的時候，面額漲到肆佰和伍佰元等。民國三十七年改用金元券之後，我所購買的五月二十日蔣總統就任紀念郵票的面值已達到伍百、壹仟、壹仟貳佰伍拾和壹仟捌佰元不等。到了那年十月，加印新郵票已經追不上物價飛漲的腳步了，郵局只好在過去面額貳角伍分的郵票上加蓋「改作貳萬元」，在過去陸角的郵票上加蓋「改作伍萬元」的戳記。試想，寄一封信都要五萬元以上，要提一大袋紙幣上郵局，這日子還怎麼過？今日看來，真像天方夜譚，那時候可說苦不堪言，大家都趕緊把紙幣換成黃金或銀元，如不趕緊換，馬上就成廢紙。軍事的挫敗之前，先是經濟的崩盤做為前導。《老憨大傳》中對這段生活的描寫，特別值得參考

因為老憨自幼醉心文學，這部自傳寫來特別有文學的氣息。又因為作者崇尚寫實主義，作者盡量使其貼近現實，人物的語言也模擬徐州的方言，好在徐州話

仍屬於北方的大平原調，不會像台語話文、廣東四邑或蘇州、寧波腔調，有難懂的問題。既然寫實，情節上的邏輯性就顯得重要。其中有兩點或有矛盾，或有不明之處：一是老憨首次赴大陸探親在台灣實施開放大陸探親政策一個星期之內，但在敘述與親人見面時又說數月前已經在北京見過，顯然有違邏輯。二是日軍南下時，老憨在南京出家的母親曾帶同其他尼姑到鄉下佬憨伯父家避難，但後來沒有交代，到遭遇匪徒劫掠時，伯父被殺，卻不知老憨母親的下落如何。再就是偶然有前後人物姓名不一致的地方。這些我都親口告知作者，他說未來再版時將會加以修正。

說是自傳，而非小說，是因為其中的事件、時間、情節與人物並無虛構，連人物的姓名都是真實的，包括老憨的姓氏和本名也都是作者自己的，所以也可說是另一種的紀實小說。郭楓自己是當作一本小說看待的，他在電話中對我說：「寫了一部小說，寄上，請指教。」我翻閱後，發現是他的自傳，郭楓青少年時代的斑斑奮鬥都在其中，而且全書用的是第一人稱，更坐實了自傳的口吻。但是小說一樣可以採用第一人稱，故人稱並不是區別自傳或小說的要件，小說可以用不同的人稱，自傳自然也可。好的傳記，應該具有小說的魅力，像《史記》中的「帝紀」、「世家」、「列傳」都可當作歷史小說來讀。在小說不登大雅之堂的時候，若說傳記像小說，可能有貶抑之嫌，如今小說早已成為最受歡迎的文類，寫得像小說，該算讚譽之詞了。

老憨自幼醉心文學，這正是作者郭楓的夫子自道。我們知道，郭楓雖然經商有成，但他並未放棄寫作，前後出版過多種詩集、散文集以及文學評論。他也不忘從事文學事業，出版雜誌、辦出版社，資助文學研討會等等，他經商賺來的錢大多都慷慨地花在文學上了。至於他自稱老憨，不知是否因此而發的自嘲，還是自謙之詞？其實郭楓是很精明的人，是個頭腦靈活的老憨，做事有板有眼，也很有計畫與韜略，不然經商也不會有成的，又怎能寫出這麼耐讀的小說？。

二〇〇八年五月二十九日

原載二〇〇八年八月《文訊》第二七四期

性與關於性的書寫——

評鄭清文〈舊金山、一九七二——一九七四的美國學校〉

文學本來有兩種：一種是直接寫性行爲的，稱作「色情文學」（pornography），另一種是寫關於性的，譬如愛情、性壓抑後的心理變態等等，指涉所有的一般文學。這種對文學的區分，也可適用於小說。世間可有不涉及愛情或某種心理變態的小說嗎？特別是佛洛伊德的學說流行以後，似乎人類所有的動力都不脫libido的主導或影響。因此，我們可以說世間所有的小說都是關於性的，只有小部分小說是直接寫性行爲的「色情文學」。

中外都不乏色情文學，但色情文學始終是書寫的禁域，正如性是人類主要的行爲，談論性卻是人類行爲禁域。何以人們在言談中總說一些黃色笑話？書寫時也忍不住涉入性的禁域呢？越是表面上標幟著禁域的時代，突破禁域的頻率越大，譬如宋明理學流行的時代，竟產生了大批色情小說，這個現象也出現在以清教徒精神著稱的英國的維多利亞時代。

對色情文學的態度，中國一向是由官府或者由家庭燒而禁之。英美等國則是通過法律的途徑禁止出版或流通。人們對色情文學的態度決定於人們對色情的態度。人們禁止色情，源於人們害怕色情，深恐陷入其中而不能自拔。直到佛洛伊德的學說出現，視「性」爲可以公開討論，可以做科學研究的對象，人們才稍稍解脫對性的恐懼，人們對色情文學的看法也漸漸改觀。譬如勞倫斯（D. H. Lawrence）的《查泰萊夫人的情人》（*Lady Chatterley's Lover*）一書，在英美兩國纏訟多年後，終於在一九六〇年開禁，不再被視爲色情文學，可以公開出版發行。

英國學者馬爾庫斯（Steven Marcus）的《另類維多利亞人》（*The Other Victorians*, 1966）是一本評論色情文學的學術著作。在此書中，作者認爲相對於成年人的性行爲，色情文學代表的是青春期的心理現象，與自瀆屬於同一層次。產生色情文學的時代代表了不夠成熟的群眾心理。《查泰萊夫人的情人》中的性事描寫，與維多利亞時代的色情文學無異，但此書並非全爲性事書寫，正如《金瓶梅》一書不能與色情小說等量齊觀一樣。在後佛洛伊德時代的小說書寫中，性事描寫已經不是作者故意規避的禁域，色情文學反倒相對地大為減少。譬如大陸作家賈平凹立意模仿《金瓶梅》寫出一本《廢都》，到了重要橋段，故弄玄虛地注明「作者刪去多少字」，我不相信作者眞正寫出了那些場面，的確是故弄玄虛而已。

從以上的對色情文學討論的背景，看鄭清文〈舊金山、一九七二——一九七四的美國學校〉這篇短篇小說，可以歸類為一篇討論「性開放」話題的關於性的書寫。作者寫從台灣到美國留學的林秀枝所觀察到和經驗到的美國式的「性開放」。林秀枝到美國以後，很少有機會進入美國人的家庭，但第一次應邀到她的美國同學貝絲家去做客，就遇到了這個問題。

在這以前，林秀枝觀察到貝絲本來有一個「在校園裏抱進抱出」的親密的男友，但這次到貝絲家去時卻換成另一個叫傑克的男友。於是林秀枝認為「在美國，男女接觸容易，這種事似乎是很平常的。」林秀枝跟貝絲接近以後，貝絲還介紹她去看一部叫《一九七四的美國學校》的電影。「這部電影，是以性的開啓為主題，描寫美國學生如何追求性的自由，有理論，也有實踐。」因此給林秀枝的衝擊很大。「貝絲還說，在美國，到了十五歲還是處女，以前是不像話，現在卻是笑話。」生活在這樣的環境裏，林秀枝的心不能不跟著浮動，有一次竟想走進舊金山專門放映三級片的小電影院開開眼界，畢竟沒有勇氣走進去。一同去貝絲家的還有一個叫瓊的加拿大女同學。在貝絲家的餐桌上，貝絲的二十歲的弟弟保羅先是跟初見面的瓊鬥嘴，繼則鬥手（保羅突然伸手抓住瓊的手）。飯後，保羅在送秀枝和瓊回家的時候就開始不規矩起來。保羅一面開車，一面繼續跟坐在身旁的瓊鬥嘴，並且伸出一隻手，「幾個手指，像爬蟲，爬到了瓊的脖子，快到她的胸口。」後來，瓊先下車走了，林秀枝換到前座瓊原來坐的位置。開始，她不免擔心保羅會用對付瓊的方式來對付她。果然，不久，「保羅一手搭在她的肩膀上，輕輕的捏著。然後移到脖子，癢癢的。」雖然秀枝說不可以，「但是，保羅並不理會她，竟把手移到她的膝蓋上。再往上移，不就到大腿？」秀枝急忙喊：「停！停！」「保羅把車子停在路邊，人卻不下去。他笑嘻嘻的看著她，突然把她摟了過去，把臉壓在她的臉上，想吻她。」秀枝無法，只好推說自己感冒，才使孿生兄弟曾死於感冒的保羅心存戒心。到了秀枝寓所，一下車，又被保羅攔腰抱住，又想吻她。湊巧，秀枝打了個噴嚏，噴了保羅一臉吐沫，保羅怕感染，才放了手。但是保羅仍不死心，要送她到房間裏面。秀枝以管理員不准爲藉口，終於保住了自己的清白。

老將出馬，果然不凡，敘事舒緩有致，層次分明。當然這只是一篇什麼性事也沒發生的關於性的小說。作者的用意何在呢？似乎只爲了比較七十年代台灣和美國對性觀念的差異。我自己跟鄭清文是同代人，比較瞭解那一代人的心理。我們是屬於「清教徒」洗禮的一代（相較於更早與更晚一代而言），要直接提筆寫性行爲是難的，只能寫些有關性的話題而已。台灣早期的留美學生，到了美國以後，會不會也加入性開放的行列呢？加入或不加入會不會遭遇性的困擾呢？聶華玲的《桑青與桃紅》就寫了一個因性困擾而精神失常的人物。這樣的問題在其他留學生文學中也時常觸及。但是一向風格純樸的鄭清文只能點到爲止，所以他選了林秀枝這樣一個保守且有些性冷感的人物，才能夠代表作者行動，並觀察美國的社會。正因爲作者自己不是常住美國的人，因此對美的觀察免不了想當然耳。譬如作者在介紹貝絲的另一位加拿大名叫瓊的女同學時，認爲「瓊」是法國式的名字。瓊的英文寫法應該是Jean或Joan，雖然英法兩國有些通用的名字，但這個名字卻不能用在法國，因爲Jean在法國是男性名字，相當於英文的John。又如文中提到「在美國，感冒也可能致人死命」，相對於台灣，「從來也沒有聽說過感冒會致命的」。其實，在美國所謂死於感冒，實在是死於感冒的併發症。在台灣，如果感冒引起了併發症，也一樣會致人於死，並非我們的抵抗力特強。當然，作者也有觀察正確的地方，譬如保羅說，法定七吋以上的鮑魚才可以抓，所以他抓的都是七吋以上的。秀枝馬上想到「在台灣，好像有不少人，說守法要吃虧，守法是傻瓜，以不守法爲尙。這是很不相同的。」不過，這些比較，不管是正確的，還是不多麼正確的，都屬於旅遊者觀察的層次，難說是深入的觀察，所以使得秀枝這個人物，只能算個剛到美國的留學生，難怪作者在開始介紹人物時，就說「秀枝到美國以後，很少有機會進入美國人的家庭。」作者所感到的美國的性開放的氣氛是沒有錯的，但像貝絲的弟弟保羅這樣的青年，對初見面的姊姊的女同學都會毛手毛腳，的確是例外、罕見，一般的有教養的美國家庭是不會有的。在性開放的社會中，不難獲的滿足，竟在不適宜的場合表現出如此的性飢渴，倒像是變態了。然而，作者似乎把保羅當做一般的美國青年來處理，用以說明美國性開放的程度，其實只能透露出作者急於批判美國社會的心態。

性開放，美國的確是起步較早，但台灣也有不肯後人之勢。秀枝在台灣的堂姊秀芳，高中時代就讀了《查泰萊夫人的情人》。「秀芳在高三那年，還差半年就畢業，突然結婚了。對方是個詩人。她還生了一個小孩。」但是，「秀枝大三的時候，秀芳離婚了。」至於秀芳的姊姊秀芬，爲了妹妹看《查泰萊夫人的情人》這樣的「淫書」與妹妹大吵，大學法律系畢業後在私人的法律事務所工作，「到林秀枝出國的時候還沒有結婚。」秀枝的兩個堂姊代表了台灣七十年代的兩代人對「性」的看法以及實行。至於愛看《查泰萊夫人的情人》的年輕女性是否一定會早婚，甚至對婚姻不夠嚴肅，結了又離，反對看的是否一定會晚婚，甚至於不結婚，只能說反映了作者對這個問題的主觀看法而已。如今我們到了九十年代，早就湧現了一大批比秀芳更年輕的新新人類，反對看《查泰萊夫人的情人》的秀芬究竟還有多少呢？在小說書寫上，從黃有德的情慾小說、朱天文的《荒人手記》到紀大偉、陳雪的「新感官小說」，一步步走來，驟然看到鄭清文這樣的一篇小說，簡直恍如隔世。

如果說作品不過是作者潛意識的委曲反射，鄭清文有興趣處理這樣一個他過去似乎沒有處理過的題目，應該表現他面對新新人類的新感官世界，是有其憂慮與恐懼，也有其反感與抵制的。這一點，站在與鄭清文同代人的立場，我很能瞭解。面對一個道德體系、一個熟悉的世界秩序的崩解（雖然這個將逝的體系及秩序並非十全十美，甚至可說已霉朽不堪，但是總比不可知的未來給予人更大的安全感）誰能不感到惶惶然？性，比其他，在道德天枰上佔有了更大的分量，因此對人也帶來了更大的威脅。鄭清文寧願要他的林秀枝守身如玉，輕易地推脫掉外在的誘惑，絕對不能陷入桑青式的處境，那不是作者有興趣處理的題材。鄭清文有條不紊、徐緩有致的敘述風格，相對於急促片段的後現代形式，也代表了敘述秩序的賡續，讀來自是令人安適。

原載一九九七年二月《中外文學》（二九八）第二十五卷第十期

王二的傳奇——評王小波的《時代三部曲》

毛澤東死後大陸政權有限度的開放，不止是挽救了行將崩潰的經濟，而是使人民重新享有最起碼的「私」人生活，諸如吃些好吃的，穿些好看的，以及跟所愛的人不受政治干預的任意做愛。如果說這些屬於人性，或人權的範疇，那麼在長期的反右鬥爭、階級鬥爭以及後來的文化大革命的緊箍轄制下，這種人性（或人權）已經被殘酷地扭曲或淹滅了。開放以來的大陸新文學正是對這種起碼的人性或人權的再肯定。王小波的作品也不例外。

王小波與其他作家不同的是他的口吻非常的流氣，卻又時時透露著他的眞誠；態度頗爲玩世不恭，卻也不乏智慧的言語。這種兩極化的特質，似乎正是高壓政治的後遺症，比其他的作家更能代表大陸近時期的時代氣氛。也因爲這個緣故，他的小說未嘗不可歸入王朔一類的「痞子文學」。這樣說並無不敬，曾經讀過學位，對中西文學又相當熟悉的王小波應該瞭解並無貶低他的學問之意。

原來學商科與統計學的王小波，在飛到美國匹茲堡大學改習文科後，竟醉心於小說的寫作，而且顯示出他的文學才華。在短短的數年間，完成了長中篇小說《黃金時代》、《白銀時代》、《青銅時代》、《黑鐵時代》、《地久天長》和雜文集《沉默的大多數》（後三種未在台灣出版），有一百多萬字。以四十五歲的壯年猝死在寫作中的書桌前，像曇花一現，盛開間轉瞬即謝，可幸，要說的話似乎也都說了。

在王小波的小說中，不管是寫現代的，還是寫古代的（都是唐朝），都有個王二穿插其間，有時候王二是書中的主要人物（例如在《黃金時代》），有時候王二只是敘述者（例如在《青銅時代》中的唐人故事），總之王二是作者的第二自我，作者的化身。一反三四十年代的作家常愛把第二自我裝扮成正氣凜然的志士，不然就是英俊瀟灑的小生，王小波的第二自我給人的印象卻是一個其貌不揚、行爲乖張、滿嘴粗話的痞子，有時候更像一個小丑，又有些色情狂，最愛描寫男女的性器官。借用佛洛伊德的理論，成長期過度的壓抑，以致造成如此的結果，良有以也。語言上的流氣，與敘述者恰爲一體，但有時仍未免有貧嘴之嫌。幸好有幽默（像大多數的「京味小說」），雖然有時是黑的，也讓人忍俊不住笑出聲來。喜笑怒罵，在任何社會都不能禁止，何況在一個有十足理由喜笑怒罵的環境中。作者既然自擬為「痞」，為「丑」，讀者不由得不自以為高高在上，豈能不多付出些同情嗎？因此作者的自我痞化，倒不失為一種贏取讀者大眾的有效策略。

大陸的開放，再加上作者的出國遊學，使他蒙受到第二度西潮的洗禮，舉凡荒謬、魔幻、後設等手法，皆加以充分利用；書中甚至有中世紀薄伽丘《十日談》、喬叟《坎特百里的故事》那種葷素不計的村野氣息。一件事顛顛倒倒重述無數遍以及夾敘夾論的手法，又像得自卡爾維諾和昆德拉的嫡傳。寫到古代原始荒袤的場景，使人覺得如看帕索里尼拍攝的聖經故事或希臘神話。言在此而意在彼的地方也著實不少，例如《萬壽寺》中所說的「頭頭」，當然不只是古代的；《尋找無雙》中的長安城的大屠殺，又怎能不使人想起「六四」呢？

至於把一些可以各自獨立的長中篇小說捏在一起而稱為「三部曲」或「四部曲」，我不太明白其原始動機。只是因為都有個王二形成一部王二的傳奇嗎？還是不過為了宣傳的方便？不便瞎猜。但無論如何這是部敘述相當囉嗦，卻不失其好看的書。

原刊一九九九年五月十三日《中國時報．開卷》

逃亡的個人——評高行健《一個人的聖經》

中國的知識份子自晚清以降就陷於面對西方強權的自卑與急於救國的狂熱——雙重情緒的糾葛中。因為自卑，便感覺不到個人的力量；因為急於救國，更不能不聯合同志，共同奮鬥。有的加入國民黨，有的加入共產黨，都受了這兩種情緒的左右。繼之而來的就是甘心情願放棄自我，大唱「團結就是力量」的讚歌，成為三民主義或共產主義的忠實信徒，結果給中國人帶來了史無前例的大災難。事後檢討，大家都把眼光放在某些領導人個人的行事錯誤以及權力令人腐化等等老生常談，而很少有人注意到這種放棄自我，依附群體的原始情緒的作祟。

「個人」這個觀念在我國的文化傳統中本來極為稀有，應該說是五四運動前後接受西潮的一種重大收穫。無奈共產黨當政後，立刻從家族的集體滑入黨的集體，剛剛冒出頭來的「個人」的醒覺又不復存在了。文學雖然應該是個人的聲音，但在以集體為尚的大環境中也不由自主地導向為人民、為社會，甚至為主義、為政黨、為領袖服務的方向。如果違背了這個方向，只有遭受被壓碎的命運。倘若一個生活在大陸的個人不想在集體中被別人壓碎或是壓碎別人，而又想以文學的形式宣洩個人的感懷，只有一條路可走：逃亡！是的，逃亡，除了逃亡外實在沒有別的法子。這也就是高行健以及其他流亡海外的中國作家所不得不選擇的道路。《一個人的聖經》就是一本描寫個人如何從集體中逃亡及其感受的書。用作者自己的話說：「你為你自己寫了這本書，這本逃亡書，你一個人的聖經，你是你自己的上帝和使徒。」

在當代的中文作家中，高行健是遭遇過殘酷的集體迫害後領略到問題癥結的少數作家之一，他也是在強勢的西方文化衝擊下少數能夠保持自信的作家之一。他寫《一個人的聖經》，重點就在「一個人」！他看到了個人的力量，但絕不想把這力量加於其他人。「你不承擔他人的痛苦，不是救世主，只拯救自己。」他說。因此他痛恨供人信仰的種種「主義」，他在香港出版的一本論集的書名就是「沒有主義」。在《一個人的聖經》中他也說：「你沒有主義。一個沒有主義的人倒更像一個人。一條蟲或一根草是沒有主義的，你也是性命，不再受任何主義的戲弄，寧可成為一個旁觀者，活在社會邊緣。」為了保留個人的聲音，甘願被人忽視與冷落，被社會邊緣化。

「沒有主義」如果奉行的人多了，也會形成一種「沒有主義」的主義。這當然不是高行健的原意。他應該希望每個健全的人都能夠保留完整的自我，而不去附和他人的聲音，不去隨波逐流。

《一個人的聖經》除了傳達以上的意義外，在形式上是一本十分可讀而易讀的書。我的意思是說作者並未在書寫技巧上追求前衛或生冷的實驗。其中大部分都貼近寫實主義的反映論，雖然沒有按照時序書寫，但故事的脈絡及人物都非常清晰。主要的人物（小說中的英雄或反英雄）沒有姓名，而以「他」及「你」出現。如果讀者熟悉高行健的其他作品，當然知道他的「我」、「你」、「他」常常指的是同一個人。在這本書中，「他」是回憶中的「我」，所經歷的都是在中國大陸的童年及文革經驗；「你」是現在的「我」，一會兒在香港，一會兒在巴黎，一會兒在紐約，一會兒在澳洲，成為道地的國際流亡人。兩相對照，一邊是集體，一邊是個人；一邊是壓抑，一邊是自由，作者的意圖彰然若揭。

翻開這本書，讀者立刻遭遇到的是性愛的場面，而這樣的場面貫通全書，顯示了作者不掩飾個人私生活的「自剖」的傾向，在中國現代文學的傳統中，這個傾向來自郁達夫，而非魯迅，同時是所有現代主義作家共同的傾向。不管是寫實主義，還是現代主義，都將性愛視為人生中重要的部分，不會故意規避。但是有些寫實小說中的性愛描寫，譬如《金瓶梅》或《查泰萊夫人的情人》，因為色情的色彩下得太重，容易從語境中跳躍而出，成為激發讀者情慾的獨立篇章。在《一個人的聖經》中的性愛描寫卻是頗為「素淨」，並沒有煽情的作用，反倒可以自然地溶入前後的語境之中，成為個人生活中不可或缺的一環。

在這本書中，主人翁的時空跳動頻繁，與其說是「意識的流動」，不如說是「語言的流動」。為該書寫序的法國中國文學學者諾埃爾・杜特萊稱之為「語言流」。「意識流」早已在現代小說中經常為各地作家所運用，主要表現小說中人物的意識不按時序及邏輯的跳動。意識流的小說所遭遇的難題是因為常常出之於「直接的內在獨白」所形成與讀者間的一種障礙，使讀者無法追隨作者飛速跳躍的意識流動。另一個更加無能克服的難題在於意識並非語言，「前語言」的意識如何用語言來表達，到現在仍然沒有一個運用意識流的作家能夠解決這個問題。語言流就不同了，雖然也是自由跳動，但是已經形成語言，便沒有「前語言」的問題。又因為語言一定出之於「敘述者」之口，也自然躲開了「直接內在獨白」所可產生的混淆。因此，雖然敘述者不計情節的邏輯發展，不專心經營人物的塑造，語言像流水一般過去，攜帶諸多繁複交雜的印象，也自有一種魅力，緊緊地抓得住讀者的注意力。高行健在諾貝爾文學獎受獎演說文〈文學的理由〉中把語言類比為咒語與祝福，他說：「語言擁有令人身心震盪的力量，語言的藝術便在於陳述者能把自己的感受傳達給他人，而不僅僅是一種符號系統、一種語義建構，僅僅以語法結構而自行滿足。如果忘了語言背後那說話的活人，對語義的演繹很容易變成智力遊戲。」

敘述，對高行健而言，成為他存在的理由。他說：「你表述才得以存在。」他不像五四一代的中國作家把文學看做是改造社會的有效途徑，也沒有五四一代作家那種伸張社會的正義，為人民的喉舌的雄心壯志。他說：「你不為純文學寫作，可也不是一個鬥士，不用筆做武器來伸張正義，何況那正義還不知在哪裡，也就不必把正義再寄託給誰。你只知道你絕非正義的化身，所以寫，不過要表明有這麼種生活，比泥坑還泥坑，比想像的地獄還真實，比末日審判還恐怖，而且說不準甚麼時候，等人忘了，又捲土重來，沒瘋過的人再瘋一遍，沒受過迫害的再去迫害或受迫害，也因為瘋病人生來就有，只看何時發作。那麼你是不是想充當教師爺？比你辛苦的教員和牧師遍地都是，人就教好了？」那麼寫作又為了什麼呢？他簡潔了當地說：「個中緣由，恐怕還是你自己有這種需要。」他在諾貝爾文學獎受獎演說中更為清楚地申述文學的理由：「文學為的是生者，而且是對生者這當下的肯定。這永恆的當下，對個體生命的確認，才是文學之為文學的理由。」他進一步分析：「不把寫作作為謀生的手段的時候，或是寫得有趣而忘了為甚麼寫作和為誰寫作之時，這寫作才變得充分必要，非寫不可，文學便應運而生。文學如此非功利，正是文學的本性。」

《一個人的聖經》在所有高行健的作品中，是一部最直接表露作者個人的經歷、感受以及寫作理念的書。

二〇〇〇年十二月十三日

原載二〇〇一年二月《聯合文學》第十七卷第四期

寫畫的人——爲楚戈巴黎畫展而作

今日在臺灣技法高妙的畫家很多，但有三個人的畫特別使我傾倒。這三個人是陳其寬、何懷碩和楚戈。

這三人的畫風並不相同，但他們有個共同點，就是他們的畫都是文人畫。文人畫似乎是中國獨有的一種傳統，西方的畫界沒有這一個類別。西方的畫家跟文人往還的在所多見，像保羅・塞尚（Paul Cezanne, 1839–1906），本身受過高等教育，跟小說家左拉過從甚密，但人們並沒有因此稱他的畫爲文人畫。西方偶然也有文人善畫的，像寫《小王子》的聖德士修百里（Sanit Exupery, 1900–44）在《小王子》一書中自繪插圖，中規中矩，卻也沒有人因此稱他做畫家，更不用說自立「文人之畫」的派別了。我國的文人畫自唐宋以降，的確是自成派系，有別於院派畫或民間畫。一般論文人畫者，多強調不求形似一點，就如唐人張璪所謂的「外師造化，中得心源」。其實在我看來，文人之畫與畫家之畫最大的區別，不在技法的高下，而在文人畫所透露的那種博古通今的文化涵養，當是純粹的畫家所欠缺的。

在這三個人中，我最熟的是楚戈。怎麼認識楚戈的？已經不多麼記得，因爲在我的感覺中，好像我們本來就相熟，雖然事實上並非如此。我想，多半是由於楚戈的直率與坦誠，老使人覺得非成爲他的知己不可。

在我的印象中，我總覺得楚戈應該是學院出身的學究，其實他不是。楚戈的前半生頗富傳奇色彩：他十七歲在長沙從軍當娃娃兵，不到一年即乘艦來台。在當兵的這個階段，他十分不務正業，又學畫，又寫詩，所交的朋友也全是詩人畫家之流，不像個正當的軍人。這且不說，不久在台北的松山寺，他竟皈依了三寶，一心想脫下軍裝，換上袈裟。幸而他六根未淨，愛上了一位陳小姐，才又重墜紅塵，但也因此脫離了軍籍，以陸軍上士退役。

他的軍譽雖然不彰，文名藝才卻愈來愈盛。後來因爲羨慕正規的教育，入藝專夜間部就讀，一面做學生，一面竟在文化大學教授「藝術概論」，這大概是學界空前之舉了。一九六八年，楚戈以三十八歲的盛年進入故宮博物院工作，從此得以親炙該院典藏豐碩的中國古文物。由是潛心鑽研、心得日富，且常有過人的見識與發現，例如確定「商周造型美術是封建社會的宗教形象」、「動物紋之爪足是宗教美術的觀念符號」以及「沒有植物繪畫是宗教上不崇拜植物的關係」種種。這些見解嗣後都成爲研究我國古代史和古代文物所必備的基礎知識。

如果你因此認爲楚戈是個鑽入古文物中的文呆或書蠹，那又是大錯特錯的。楚戈自有其風流倜儻的一面。他善飲，愛說笑，也愛交朋友。好朋友的一個電話，說請他去吃飯，楚戈一定不會推辭。但你最好親自去抓他來，否則說不定今日的飯局，他明天才到。朋友們都知道楚戈健忘，得把可能的差誤事先預算出來。

楚戈的可愛處是爲人大度，純眞不僞。他說話常不加思索，可以把人說哭，也可以把人說笑，但多半是把人說笑。楚戈有一口濃重的湖南腔，常成爲朋友取笑的對象，但楚戈從不生氣，只帶著一臉憨憨的笑——那種十二歲的稚子才有的不諳世故的笑容。所以楚戈永遠不老！

楚戈的畫像他的人，很純，教人一看就不易錯開眼眸。他的具象畫，看起來抽象；他的抽象畫，看起來又挺具體。他畫的鳥單獨看不像鳥，但把很多不像鳥的鳥堆疊起來，卻又眞眞就是飛翔中的鳥群。他的山也不像自然中的山，但我們又不能不承認那就是山，是山的靈魄，山的精魂。他用墨極多，有些畫，可說是潑墨。然而在墨色中，忽然又出現了點點胭紅、一抹鵝黃，或是一汪海藍。那顏色並不突兀，卻令人覺得驚奇，因爲那不是自然之色，而是畫者心中之色，正如南宋陳與義墨梅詩云：「意足不求顏色似，前身相馬九方皋。」心中之色，不必像眞，卻講究色與色之間的張力與諧和。幾種不同的顏色，看起來都挺有個性，放在一起就成爲悅耳的合唱。

其實楚戈的畫最大的特色是在畫中題詞、題詩。他的詞與詩並不像在傳統的國畫中，題在留白的地方，而是直接嵌入畫裏，跟著畫中的線條迂曲婉轉，組成了畫體的一部分。這不是王維所說的「畫中有詩」，而是詩，除了保留了詩的意涵外，本身（形體的）已成了畫。這種畫法，應該說是把書法的藝術又朝前推進了一步。這是楚戈的獨創，是以前的畫家不曾用過的法子。

楚戈所以敢於這麼畫，因爲他在書法上也下過功夫。他說他學過揚州八怪的鄭板橋，其實他早已從鄭體中脫胎換骨，而自成氣候。筆下的勁道使楚戈的畫不像是畫的，而像是寫出來的。固然他喜歡把詩句嵌入畫中，勢必非寫不可；但即使不嵌，他畫中的線條也像極了字的筆觸。實在說，他是用線條和顏色「寫」出他心中的塊壘。因此，他畫中所訴說的遠比畫面上所呈現的要多。正因爲這個緣故，他的畫才那麼能吸引住人的眼眸。要讀完他一張畫，實在需要相當的時間。

楚戈的畫就是這麼的耐讀！

原刊一九八九年六月九日《中央副刊》

時光的圓——

龐禕的十二個月

我沒見過龐禕早期的作品。

從在溫哥華重見龐禕以來，大約看到她的畫經歷了三個不同的階段。最初看到她的畫，不記得是哪一年，但總在一九七七年她在溫哥華的那次個展以前。龐禕那時畫的是純粹的抽象畫，用暗色的壓克力繪出一種渾厚的律動。銅色、栗色、赭紅、蔭綠和灰白給人一種塊然的質感，在沉重中透顯出一種滯緩而含有強韌激動的暗力。她那時喜愛談禪，我卻覺得與她畫中所表現的情緒並不相應。她口中的出世忘塵之思並沒有在她的畫中表現出來，相反地她畫中所表現的卻是一種瘀結的情緒正在謀求一種可資飛躍的出路。

龐禕在加拿大的溫哥華生活了多年。溫城的山光水色與中國的很爲不同，社會結構與中國的也大相迴異。當時她所交接的友人又多半是加拿大人，因之她所處的環境可以說是純西方的。然而出生在中國土地上的她，卻背負了中國數千年文化的積累，中國的根仍然深深地扎在她的心內，使她長時間處於一種文化性的激盪之中。如何把兩種不同的文化團摶在一起，使其和諧而不悖拗、異源異途而又可相輔相成，不但是龐禕所面臨的問題，也是所有受過西方文化衝激的中國畫家所面臨的問題。她以西畫的技法，表現出來的卻是無法掩藏的中國精神。但這種中國精神在強有力的西方文化的壓抑之下，卻顯得相當畏怯而猶豫，與龐禕落落大方的爲人很不相襯。可知在她和悅冷靜的外表下，定深藏著一種矛盾衝突的暗流，波濤洶湧，亟欲破峽而出。在這樣的心境下，禪是不容易談的。

表現了這樣心境的作品，便出現在一九七七年龐禕在溫哥華的個展中。這種眞實的心境表露，與加拿大本土畫家如 Toni Onley 那種冷靜的海水與礁石便很爲不同，當時很引起了加國畫壇的注意，因此更促生了龐禕對繪畫的信心，使她有一陣子廢寢忘食地把全副精神都沉緬在繪事之中。

加拿大是一個新興的國家，資源豐厚，地廣人稀，一切都在等待開發，藝術的園地也是一樣。加拿大主要的移民來自西歐，特別是英國，因此其主導文化乃是歐式的。在歐式文化的籠罩下，東方的藝術家——特別是中國的藝術家，出頭並不容易。但近十年來，由於中國的移民逐漸增多，也由於加國的政策鼓勵少數民族維持與發揚其本位的文化，中國的藝術家逐漸嶄露頭角。如林千石把草書的中國詩句溶入相應的顏色中，一筆一筆的細描猶如織錦，很令人驚奇，可說是一種相當和諧的東西技法之交融。鍾橫的雕塑兼具東方之深沉與西方之粗獷，曾經多次得獎。梁銘越則不但在加國發揚了梁在平先生的古箏、古琴的彈奏與作曲技藝，而且與加國劇作家合作演出過極成功的以中國爲背景的歌劇。中國的畫家與音樂家，能在異國的土地上占有一席之地，一方面固然顯示了加國對異種文化的包容與吸收，但主要的則由於這些藝術家本身的努力。藝術不是一種模擬與複製，而要靠不停的創造與革新。

在創造與革新中，畫家所遭遇的痛苦與作家相似，就是如何超越自我。嚴肅的藝術家的每一件作品都代表了一次精神上的躍升。一旦重複，便成僵化。但是自我超越並不是件易事，其間勢必經歷了種種的力不從心的沮喪與挫折的心情。這種痛苦的掙扎雖有時爲龐禕冷然的笑聲所掩，但從她焦灼的凝視中卻透露出無數消息。爲了突破一己的心障，在一九七七至八一年間，龐禕遊了紐約、台北、東京和夏威夷，有時是爲了開畫展，有時則專爲跟同輩的中西畫家交換意見與心得。在紐約的不少中國畫家，試圖擺脫中國傳統的影響，以西方現代的科技成果表現生活在西方現代化大都市居民的感覺，取得了一定的成績。龐禕這時候也有這種傾向，企圖從中國傳統的範繫中逃脫出來，於是她把注意力轉移到人體的律動，譬如說舞者的動姿，特別引起她的興趣，因而接連的畫出了一系列舞者的態姿。這一方面表現了龐禕試圖趨向西方現代生活的努力，一方面也表現了從抽象回歸到具體的轉折。抽象畫既早已為世人所接納，畫家那種叛逆革命的心態，也就無形中銳減了。既然可以把物事的形體抽離，為什麼不可以再把物事的形體加入呢？所以龐禕終又重回到有形的自然景觀，這一為歷代畫家所醉心所追求而永遠取之不盡的一大主題。

最近這一階段的轉折，與龐禕的個性有關。我覺得她是個動中取靜的人，而不是像我似的是個靜中取動的人。她的最後的歸宿必定趨向於凝靜，才更容易呈現她內在的心態。她最近的作品雖說又回到具象的自然景觀，但與未經抽象畫這一階段的直摹自然的不同。她的畫不是對自然的直接摹寫，而是一種對自然素材的重新組合，以自然景觀的山光、雲影，以及春花之燦爛、秋葉之蕭索，來表達個人之心境。與她前期的畫相較，其中的氣氛由剛勁逐漸走入圓柔。這倒並不是素材的改變，無寧是一種畫家感覺的轉變。山巒之剛勁，在龐禕近期的作品中似乎透露出十分的柔媚，秋色之蕭索，亦雜有千種溫存。給人一種剛中見柔，枯寂中存有生機的感覺。

她這次新作的十二張畫，組成了時序中的十二個月份。月份不過是不可斬斷的時之流的符號，所以這十二張畫實在是不可斬斷的一個流動的圜——一個時光的圜、一個顏色的圜，也是一個永生不息的生命的圜。

注：龐禕已於二〇〇〇年初於溫哥華逝世。

原刊一九八二年四月二十九日《聯合報副刊》

文學論辯

大圈圈與小圈圈

一個文化的形成與發皇光大由於包容，而非由於排斥。我國文化起源於黃河流域，《詩經》是正統的中國文學，但充滿了異域情調的《楚辭》，照樣加入中國文化的主流，成爲中國文化的一部分。李白據說有胡人血統，因他以漢文寫詩而有傑出的成績，他就成了中國偉大的詩人。可見中國文化原是一個極具包容性的文化。

西方重要而昌盛的文化亦無不如是。亨利．傑姆斯出生在美國，終老在英國，成爲英美雙方重要的作家。喬哀思出生在愛爾蘭，自我流放到法國，死於瑞士，但因其所用的語言爲英文，因此他仍是英國和愛爾蘭的重要作家。貝克特也出生在愛爾蘭，長居法國，且用法文寫作，法國人算他作法國作家；雖然英國和愛爾蘭也無不以與貝克特有血緣、地緣的關係爲榮。康拉德是波蘭人，二十歲以後才開始學習英文，後入英籍，終老英國，用英文寫作，所寫的雖多爲與英國無關的異域異人，英國人仍承認他是英國作家。湯瑪斯．曼出生於德國，因反法西斯政權而流亡美國和瑞士，用德文寫作，德國人並未因爲他的出走而否認他是德國作家。尤乃斯柯是羅馬尼亞人，自我流放到法國，用法文寫作，法國人以擁有尤乃斯柯爲榮，且把他選入法蘭西學院擔任院士。索忍尼辛因反抗極權政治從蘇聯流亡到歐陸，但始終用俄文寫作，就是蘇聯官方的文學家協會把他除名，文學史家也無法不把他列入俄國的作家之林。

由此可見，一個昌盛的文化，無不盡力吸收包容異己。在文學的領域內，多以創作時所用語言文字爲準，不管作家的出生地、居留地、血統或所描寫的內容，只要以某種文字從事寫作，這個作家就被吸收接納爲某一個文化之內。

可是當今在我國文學界卻有一個很不幸的現象，有些人有意無意地在大圈圈中再劃出小圈圈來。在大陸上常以地域爲準，劃分爲「中國」作家、「台灣」作家、「海外」作家，在台灣也有大陸作家、鄉土作家、海外作家之別。然後再因此稱某些作家爲主流，某些爲支流，很有些劃清界線、區分異己的味道。因爲有了這種的成見，再也不管作品的良窳，只要屬於我的小圈圈的就鼓掌叫好，在我的小圈圈以外的就反對排斥。而且進一步，竟有人指導年輕的後進該用何種方式寫作，絕不可用另外其他方式；該寫某些主題或一個地域和人種，絕對不可寫其他主題或其他地域和人種；否則就會落個文評家不評、讀者不讀的結果，自外於文學主流之外了。

這種劃圈圈的傾向實在並無止境，大圈圈裏固然可以劃出小圈圈來，小圈圈裏仍然可以劃出再小的圈圈。劃到最後恐怕只有把孤家寡人劃出眾人之外了。那些以劃圈圈來實踐團隊精神的人士，目前看來因排除了異己，自家兄弟好像極爲熱絡，豈不知異己的定義頗無邊際，只要具有這種劃圈圈的心態，總有一天熱絡的兄弟也會反目成仇。

如果像這一類的封閉的腦筋和狹隘的心胸眞正代表了中國文化的主流，那麼中國的文化因有了如此的代表，也就著實可哀了。

如果這種圈圈心態並不能代表中國文化，那麼也不過是一時的殘渣、浮沫，終將被拋擲在歷史的主流之外。中國的文化也自會包容了所有以中文寫作的作家，不分彼此，只問作品之良窳，不問主流或意識形態，更不計較地域性和人種的問題。一個宏大的文化正如不辭箕土的山和不擇細流的海，每一撮土、每一滴水，在大圈圈中都有其應有的地位。一個作家不必擔心被其他作家擠掉了；要擔心的應該是寫不出好作品來，那時候擠掉自己的正是自己，而不是別人。小圈圈挽救不了個人的命運，當然也不會增進大圈圈的光輝。如果大圈圈中果眞充滿彼此排斥的小圈圈，大圈圈也很可能因此而黯然失色，或甚至隱沒不見了。

但願《聯合文學》能夠掙脫小圈圈的範繫，不但向豐富大圈圈的內容和多樣化前進，而且可以使大圈圈日益擴大，使中國文學成爲世界文學中不可分割的一部分，成爲人類共通的財富。

原載一九八四年十一月《聯合文學》創刊號

一封致讀者的信

《人間》編者轉來您的信。我雖然時常接到讀者的來信，但是第一次接到這樣使我驚惶的一封信。不但驚惶，而且看了以後使我很覺不安了。您說「自從去年購閱了《夜遊》之後，其餘盪直至今日仍未稍減」，因爲「裏面所激發出來的許多新奇深刻的思想、意念改變了慣常僵化的思考方式。」但是接下來您卻說您對您父親的看法改變了，「他不再是那麼和藹親切的老人，原來只是個愚蠢的、沮喪的、醜陋不堪的老人。」因爲您是一位護士，甚至於您對您所看護的老年病人，也產生了憎惡的情緒。

如果您這樣的情緒反應眞正是受了我的作品影響，怎麼能使做爲作者的我心安呢？雖然在文學的創作上，我一向主張一個作者應該首先忠於自己的感受，可是也不否認一個作者負有一種社會的責任。基本上我仍然認爲，凡是忠於作者自己感受的作品總不會有害於社會與人群，原因是我對「人」抱著正面的看法，人的眞實感受中便具有著「人道主義」的原始內容。反倒是服膺於一個外在的目的而寫作，不管這外在的目的是宗教的、政治的、幫會的、或營利的，會常常違扭了「人」的自然感受，產生出造作、虛僞而遺害人間的作品。您的信使我不得不再重新思考問題的癥結所在。

您的信中說作者是個精細而且頭腦冷靜的思想家（不敢當！），因此作者的筆精密得像解剖刀一般，劃破了人世間一切外在美麗的包裝，使您無法再像過去一般生活在人爲的幻景中。現在您發現了人世的眞相，但這眞相卻醜陋得讓您無法忍受了。

您的這一段話，說明了一個事實，就是兒童與成人的不同。人在生長的過程中，總是通過觀察和自身的經驗，逐漸地認識與理解外在的世界，童年的幻景在成長中逐一擊破，直到心理堅強得可以承受這個不完美的世界的種種打擊和壓迫，這時候我們說：這是一個成熟的人了！如果我們過早的把兒童放置在赤裸裸的世界中，讓他未成熟的心靈與種種眞實存在的醜惡搏鬥，那無寧是對兒童的扼殺。但是，相反的，對成年人也像對兒童似地保護起來，使他無能接觸到人生中種種不十分美好的眞實狀況，也等於是對成年人的謀殺，因爲過度的保護，不但減低了人對原該與年歲俱增的抵抗能力，同時也會使人永遠停留在兒童的心理狀態，無能成熟。所以文學作品肯定有兩種：一種是專門供給兒童閱讀的神話故事，像「牛郎織女」、「白雪公主」一類。另一類就是專供成年人閱讀的作品，這一類的作品不再是只能使人產生朦朧的美感和不著邊際的幻想的童話，而是面對赤裸裸的人生眞相，縱然這眞相是醜惡與殘酷的，也不故意規避。《夜遊》就是為成年人而寫的一部小說。

我想您的情緒的轉變和反應，並不是孤立的，卻具有相當的代表性。據我看來，恐怕是來自我們教育中過度保護的結果。近幾年來，很多人已經感覺到過度保護的嚴重性：如果我們繼續把大學生看作中學生，把中學生看作小學生，無寧延遲了我們青年人成熟的時間。如果只是延遲幾年還算罷了，怕只怕造成一批批永遠在心理上青嫩的成人。這樣的成人又如何期望他去堅強而勇毅地面對險惡的人生眞相呢？

成年人的文學作品，需要的是讀者的瞭解與同情，而不是把讀者當做小孩子般來教育的。莎士比亞的《奧塞羅》絕對不能解釋作莎翁有誘導觀眾殺妻的意圖，同樣也不能說曹雪芹在《紅樓夢》中意圖誨淫。如果有的觀眾看了《奧塞羅》回家後殺了太太，或有的讀者看了《紅樓夢》引發了淫穢的行為，那恐怕是非莎翁與曹老意料所及的事。這也使我想起有人批評王文興的《家變》有違孝道，那也眞是看走了眼了。我想王文興絕對沒有使他的讀者學習書中主人翁范曄的行爲的用意。

我唯一不再爲您的情緒轉變而擔心的是您說您終於受到了令姐的點撥，又恢復了對您父親慈愛的形象。只是，我希望這是出於「見山又是山，見水又是水」的成熟現象，而非又墮入原有童稚的幻景中。

原刊一九八五年十一月十日《中國時報・人間》

棄嬰與養子

由聯合報文化基金會、聯合報副刊和聯合文學雜誌社共同主辦的「四十年來中國文學會議」在台灣首次彙聚海峽兩岸及港澳海外的華人學者、作家三百餘人於一堂，的確是空前的大手筆！過去雖說海峽兩岸及海外的學者、作家並不乏聚會晤談的機會，然而地點不是在大陸，就是在香港或海外，在台灣聚會確是創舉，而出席人數如此之眾多也未見先例，故曰空前。

規模如此大的一次國際會議，需要動員眾多的人力，花費龐大的資金，籌備者更須殫精竭慮，在議題的選擇上務必做到周延，在延攬論文發表人、講評人、主持人上務必做到周到，在控制議程及料理與會者的生活上務必做到周詳，實在難為了大會的籌備者、擔任策畫的顧問以及實際負責推動會務的各位作家、編輯，他們的辛勞和貢獻，值得所有與會者的敬禮與感謝。

然而任何策畫周密的會議都不可能做到百分之百的圓滿無缺，譬如與會的詩人便感歎會中欠缺論詩的論文，與會的劇作家又覺得忽略了四十年來的戲劇發展及劇作家的成就，大陸來的作家、學者們則表示議程與其採用地域的區割不如以主題劃分更能彰顯中國文學的一體性，更多的與會者則不太明白在議程中既然排不下諸多該議的議題，爲什麼有時間排入屬於美國文學領域的作品，雖說是出於華裔作家之手。像這類的疑問在四天的會議中時有所聞，不過都出之於一種求全的心態，並不會減損大會的總體成就。這次會議的成功之處，除了爲四十年來的中國文學勾勒出一個粗略的輪廓，主要的是實現了海峽兩岸三邊及海外多元的面對面交流，也使與會的人，不管是坐在台上的還是坐在台下的，都有發言的機會，雖不能使人人暢所欲言（由於時間有限，而非出於人爲的箝制或打壓，像在有些會議上曾經發生過的），似乎也盡意了。在意見迥異的眾多參與者間開出這麼一個和諧的會議來，畢竟是一件難能可貴的事。

這次會議提出論文、擔任講評及主持會議的七十八人中學者占了絕大多數，純粹以作家身分參與的可說寥寥無幾。既然採取了學術會議的形式，由學院中的人來主導，也是種合理而正常的現象。不過，就學院內部對中國現當代文學研究的主導而論，卻隱含了一個不太正常的問題。這個問題其實多年來已像癌症細胞般地潛伏在各大專院校的中國文學系科中：那就是現當代中國文學在中文系科及研究所中應該佔有個什麼樣的地位？

現當代中國文學毫無疑問地組成了中國整體文學不可分割的一部分，而且是重要的一部分，其複雜性與關鍵性絕不下於古典文學；也毫無疑問地成爲中國文學系科及研究所師生應該研讀的重要對象。然而台灣的中國文學系科，從光復伊始，因爲主要承繼了大陸上一派特重樸學的學風，除了視文字、聲韻、訓詁爲基本的必修課程外，在課業的規畫上基本導向國學的領域，重點聚焦在經學、古典文學，甚至於哲學（例如諸子、中國思想史、理則學等課程）及史學（例如史記及其他史書的課程），卻偏偏未把現當代文學納入教程。在風聲鶴唳的五十年代，隱伏著眾多左翼作家魅影的現代中國文學，的確是一個燙手山芋，使小心謹愼的夫子們不敢輕易碰觸，也是件可以理解的事。因而較早的中國文學系，常常只開一門「新文藝習作」的選修課程做爲點綴。直到最近的年代，有些學校才加開了現代小說、戲劇、詩、散文的選讀與習作，但若與古典文學及其邊緣課程相較，仍然遠不成比例。比較坦誠的中文系老師不得不告誡愛好現當代文學——特別是有意寫作——的青年，最好別進中文系，也許進外文系將來反倒更有施展的機會。

這次「四十年來中國文學會議」恰好反映了這樣的一種結果：七十八位提出論文、講評及主持會議的學者，具有中文系背景的不足五分之一，而具有外文系背景的卻高達三分之一強，其他的則是來自大陸或具有其他背景的學者。三位負責策畫的學者也都一律是外文系的背景，而中文系的學者不與焉。

外文系的學者兼治中國文學，總是他們行有餘力以後的副業，他們的正業應該是英、美、法、德、西、俄、日等文學。但是最近的幾十年，對中國現當代文學的關注與研究，外文系出身的學者其總體表現與成就都超出中文系出身的學者之上。其中自然也有風雲際會的原因，譬如有些外文系的畢業生到了國外以後，爲了易與當地學生競爭以及原本對中國文學隱含的興趣而改攻中國現代文學，自然成爲中外兼修的學者，但更重要的原因恐怕還是出於中文系科本身對其應該專注研究的此一領域的自動放棄！

我用「自動放棄」四字並未誇大其詞，到今天大多數中文研究所在輔導研究生選擇碩博士論文題目時，仍然不鼓勵學生碰觸現當代文學的範圍。甚至於在研究生中有這樣的流言：如果碩士論文撰寫了現當代中國文學的題目，就別指望考進某些大學的中文研究所進修博士學位了。我想中研所的老師——特別是負責所務的人，大概都不會公開承認這樣的事實，但是在平素的言談中無意流露出來的對現當代中國文學懷有的成見、偏見以至於陋見，卻也是司空見慣不易掩飾的事實。

現當代中國文學無形中成爲中國文學系科的棄嬰。這一個哭聲嘹亮、面貌體態又十分可人的被棄的嬰兒幸而引動了外文系師生的惻隱之心，於是在人棄我取的心情下，反倒成爲外文系師生的養子。外文系所的師生的確對這個意外撿來的棄嬰呵護備至，有些人甚至放棄了自己親生的子女專來照拂這一個撿來的嬰兒，結果對自己的專業了無成績，反倒以評論現當代中國文學而傲視同儕。

據大陸來台的與會者言，在大陸上的大學中情形恰恰相反，中國文學系不但主導了現當代中國文學的研究，而且時常跨越到外國文學的研究領域。可見台灣的中國文學系所的課程規畫，的確潛伏著急待重整的隱憂。

學術研究人人得而爲之，非由學院中人所可壟斷，只不過學院中人本以學術研究爲其終生的志職，又具有種種研究上的便利，自應在本身的研究領域內有所貢獻。在學院之內，近年來也愈來愈感到畫地自限的缺失，一些新興的課題多半並不能專屬於既有的某一科系，因此世界各大學多趨向於科際整合及跨系研究。就現當代中國文學而言，如能夠成爲文學院中跨系研究的課題，也是一樁美事，但是號稱中國文學系者，卻絕不該置身事外，把一己本該專注研究的對象輕易委諸他人！

現當代中國文學成爲中國文學系所的棄嬰實在爲時已久，大家似乎漸漸忘懷了這本是中國文學系所應該專攻的領域。

可憐的棄嬰，不知何時才能重獲親生父母的眷愛？

原刊一九九四年一月二十六日《聯合報副刊》

爲台灣文學定位——駁彭瑞金先生

爲台灣文學定位，本來是一個學術問題，可是偏偏有些人不肯當做一個學術問題來討論，一定表現得義憤填膺，殺氣騰騰，擺出一副政治鬥爭的身姿。討論學術問題的先決條件，就是尊重不同的意見，心平氣和地討論，不需要口出惡言。其次，就是對自己的言論應該言必有據，對別人的言論不能故意斷章取義，任意栽贓。第三，就是對有些問題，不是馬上就可以得到結論的，不必要強詞奪理，徒逞口舌之利。這些都是學術討論中應有的起碼常識。

我從事學術研究以來，不知已參加過多少次中外的學術討論，偶然也會捲入筆下之辯，倒是第一次使我陷入如此令人啼笑皆非的一種處境。

一九九二年三月，我在《聯合文學》發表了一篇論文〈「台灣文學」的中國結與台灣結：以小說爲例〉。這篇文章雖然發表在一九九二年三月，其實完稿的時間是在一九九一年後期。一九九三年因爲應邀參加香港中文大學主辦的「兩岸暨港澳文學交流研討會」需要提出一篇論文，於是就在《聯文》發表的這篇論文的基礎上寫成了〈台灣文學的地位〉一文，後者的論點與前文大致相同。後一篇論文於一九九三年九月在《當代》雜誌第八十九期發表。過了幾個月，有一天去上課時在電梯裏偶然遇到了歷史系的同事林瑞明教授，他對我說：「你挨批了！」我一時沒有意會到是什麼意思，他繼續解釋說在《文學台灣》中有一篇批評我的文章。又過了幾天，我到文學院圖書館去找這份雜誌，恰巧一九九四年一月份出版的第九期還沒有到，我只好等上街時買一本回來看看。原來是彭瑞金先生寫的一篇〈台灣文學定位的過去與未來〉。

彭文批了好幾個人，除我之外，還有呂正惠和龔鵬程兩位教授，並順便帶上了李瑞騰教授，但顯然我是主要被批鬥的對象。我爲什麼用「批鬥」兩個字？因爲文中的口氣太像大陸上文化大革命時代的紅衛兵了！我跟彭先生素昧平生，想來不應該是他的敵人，我想不透他何以要用一種汙衊憤恨的口氣對我？汙衊與憤恨不說，還要故意栽贓，羅織罪名到令人啼笑皆非的地步。這樣的文章恐怕只有自己作主編發得出來，換一個人作主編，怕就難以過關了。因爲既然不是學理之辯，看了這樣的文章，我就決定不去理會了。爲什麼現在我又在此詞費呢？那是因爲前不久在成大中文系主辦的「鳳凰樹文學獎」的評審會議上遇到了彭瑞金先生，發現彭先生倒是一個彬彬有禮的人，實在感覺文不如人，那樣的文章不知在什麼情況下寫的，也許另有苦衷的吧！我是個不願與人爲敵的人，才覺得其中幾點重要的問題有釐清的必要。

一、彭文說：「中國學者以統戰工具自承的台灣文學地位論，在台灣的確也有一些市場，馬森就連續寫了兩篇長文應和。」我原始的論文是早於一九九一年後期寫的，刊於一九九二年三月號《聯合文學》（彭文明明也引用了這個日期），爲什麼我的觀點竟會「應和」發表在一九九二年四月《福建論壇》以〈談台灣文學在中國文學中的地位〉爲題圍攻葉石濤先生的一系列文章？這不是故意誣栽嗎？難道時間的先後在彭先生下筆時不曾起任何作用？說老實話，刊載在《福建論壇》的這一系列文章，到現在我還沒有讀過。我以前所看過的大陸的資料，倒多半是應和葉石濤先生的觀點的。我的觀點只代表我個人，不曾應和任何人！

二、彭文說：「設若只因爲台灣文學基於歷史的陰差陽錯，而使用了中文——其實，台灣有一部分作家正在努力唾棄中文寫作中。」台灣文學只是基於歷史的陰差陽錯而使用中文的嗎？如果中文這樣値得唾棄，不如說是投錯了胎，也許更合理些吧？我不知道彭先生自己是否也屬於「正在努力唾棄中文」的那「一部分作家」，如果是的話，一旦唾棄了中文，還有什麼必要來討論用被唾棄的中文書寫的「台灣文學」呢？

三、彭文聲明：「台灣文學與中國文學既不同源，又無共識，而且可以說出自完全不相同的文學認知。」明智的讀者自會判斷這樣的話是否是在「意識自由或清醒的情況」下說的！

四、彭文說：「漢民族的台灣移民史早已說明，漢人的血統在台灣人的血液裏，只有稀釋的作用，台灣人和漢人之間的等號是不成立的。」任何民族經過長時間與其他民族的交流，都不能保證其純粹性。漢族在歷史上經過了五胡亂華以及兩度的外族統治，誰也不敢說在血統上漢族有多麼純粹。所謂漢族者，除了血統的因素外，也指的是文化認同。我奇怪彭瑞金先生以什麼資格代表在台的閩南移民和客家移民後裔來否認其漢族的血胤？

五、彭文說：「馬森根本不必懷疑台灣文學就是台灣民族所要建立的獨立自主的台灣民族文學；因爲這是台灣民族運動發軔伊始，台灣人對自己土地所立的誓言。」我根本沒有觸及到這樣的問題，怎會談得到懷疑或不懷疑？我所以沒有觸及到這個問題，因爲我不知道世界上有個「台灣民族」的存在，正如我不知道有「美國民族」的存在一樣。華人佔大多數的新加坡立國以後，也沒聽說過創造了一個「新加坡族」出來。道理很簡單，立國是人民意願的問題，種族卻不是人民意願的問題！如果你是某人的兒子，無論你如何否認，都不能改變你爲某人兒子的生理事實！

六、彭文說；「馬森等人應和中國學者論調另一個策略是，利用台灣文學使用漢語的問題糾纏。馬森的文章，爲他的語言決定內涵的文學語言決定論，舉了很多說不通的例子，這裏實在不願意浪費太多的篇幅來討論，只談一個例子就好了。他說：『例如波蘭血統的康拉德所寫的非洲故事，只因所用的語言是英語，便成爲英語文學的一部分了。』是嗎？文學是這樣定位的嗎？」好像對我的舉例很不以爲然！難道彭先生不知道康拉德（Joseph Conrad）之進入英國文學史是一個人所共知的事實嗎？他之所以被納入英國文學史有兩個基本的原因：一是因爲他的作品是用英文寫的，二是因爲他後來長居英國而且入了英國籍。至於康拉德的作品被視爲英語文學，則主要是因爲他用的是英文。難道說康拉德的作品被視爲英語文學是因爲他是波蘭人，或因爲他寫的是非洲故事嗎？雖然到目前爲止，世界上還沒有任何明文訂定的法律來規定一個作家或一部作品的歸屬，但是不成文的習慣法的歸屬，正如我在〈台灣文學的地位〉一文中所言，是以書寫的語言，加上作者對自己的認同和作家的國籍所決定的，而與作家的血統及所寫的對象沒有絕對的關係。因此，使用法語寫作的愛爾蘭人貝克特（S. Beckett）可以成爲法國作家；專寫中國故事的賽珍珠（Pearl Buck）是美國作家，從沒有人因爲她寫的是中國背景和中國人而把她歸入中國作家之林。又如在香港長大的毛翔青（Timothy Mao）就血統論是中英混血兒，如果他用的是中文，寫得又夠好，沒有人會把他的作品排在中國文學之外；但現在他用的是英文，又身居英國，他就只能被視爲英國作家。甚至於在中國出生、長大，而且流著漢族血液的張戎，現在住在英國用英文寫作，不管她寫得多麼好，人們也沒有辦法把她歸類於中國作家。這些恐怕都是彭先生不管「浪費」多少篇幅也反駁不了的事實！

七、彭文說：「馬森避開英語文學不能等同英國文學的事實，主要是規避中文文學不等同於中國文學，而耍了一個小動作，用漢語文學替換中文文學，我想這個問題留給少數民族或漢族以外的其他民族去對付他。」好可怕！好像我對中國的少數民族說了什麼不敬的話，或做了什麼大逆不道的事，需要他們來對付我！幸虧有我的文章在那裏，豈容任意誣栽？在我的文章裏不但不曾規避英語文學不能等同於英國文學以及漢語文學不能等同於中國文學的事實，而且特別有一節專門強調了這一個問題，倒是彭先生故意「耍一個小動作」，裝作沒有看到這一節。

八、彭文說：「上舉張（文環）、龍（瑛宗）、楊（逵）等人的作品，是研究日據時代台灣文學的人共同肯定的，具有抵抗意識的代表性作家，現在只因他們用日文寫作便被劃歸日本文學，除了突顯文字決定論的荒謬外，也暴露了竟以篡改台灣文學史實以附合歪論的黔驢技窮。」如果我是一匹彭先生所詈罵的黔驢，遇到如此粗劣的推論方式倒也不至於技窮！根據以作家所使用的語言及作家的國籍而定作品歸屬的習慣，我的文章是這樣說的：「倒是日治時代有些台灣作家用日文寫的作品成爲一個難以歸類的問題。例如張文環的〈父の顔〉，曾得到日本雜誌《中央公論》的創作獎，龍瑛宗的〈パパィメのめる街〉獲得《改造》的文學獎，楊逵的〈新聞配達夫〉得到《文學評論》的創作獎，可見當時日本人是把這些作品當作日語文學來評鑑的。後來楊逵的〈新聞配達夫〉被胡風譯成中文，收入《朝鮮台灣短篇小說集》中，在中國大陸出版，也是當作外語的翻譯小說看待。如果我們習慣上把中國人在英美用英文所寫的作品看作是英語文學，自然沒有理由把中國人用日文寫的作品看作是漢語文學。」注意我說的是「沒有理由把中國人用日文寫的作品看作是漢語文學」，並未說「看作是台灣文學」，就是爲了預留討論空間。沒想到如此小心，仍會爲彭先生誣爲「篡改台灣文學史實」。其實，文學的歸屬，哪裏是你我幾個人可以決定的？張、龍、楊等人的作品在日據下的台灣獲得日本雜誌的文學獎，說明了日本文學界已經初步肯定了他們作品的日本文學價值。（不知這是不是彭文所指控的日本人及國民黨的「收編」活動？」）如果當日他們得到的是日本的「芥川獎」或「直木獎」，能說他們不會進入日本的文學史嗎？那時候他們用以寫作的是日文，又是日本「國民」，要是已經進入了日本文學史，何用我們今日為他們的歸屬來操心呢？可惜的是他們沒能進入日本文學史，才留下今日這樣的後遺症。如果彭先生口中的所謂「文字決定論」眞是如此荒謬的話，鍾肇政、葉石濤、楊逵、龍瑛宗諸先生光復後也不必苦苦地重新學習中文寫作了，反正用日文寫作一樣會被具有彭先生這樣頭腦的人看作是「台灣作家」！以彭先生的認定，想必陳舜臣也可以算是台灣作家！

九、彭文說：「其實，馬森要把張文環、龍瑛宗、楊逵趕去當日本作家的用意非常明白，不過是想將他們趕走後，騰出空間供中國作家佔領。」這樣的話恐怕只有未成年的兒童才會說得出來！如果他們自己無所表現，我有什麼能力趕他們去做日本作家呢？唐朝的文學史不是因為有了李白，就容不下杜甫、王維、白居易。沒有產生偉大作家的時代，也沒法隨便抓一個張三、李四去填充！

十、彭文說：「中共雖然打敗過國民黨，但中國卻被日本打敗好幾次，台灣文學與台灣作家卻是因為抵抗過日本人，也抵抗過國民黨而存在的，如果日本人或國民黨有辦法併吞台灣文學或收編台灣作家，今天就沒有台灣文學問題，也沒有台灣作家了。」日本人打敗中國好幾次難道說是日本人的光榮嗎？作爲漢族血統稀釋了的「台灣人」的彭瑞金先生有引日本人的勝利而自傲的必要嗎？文學從來沒有併吞的問題存在。作家，除非身兼政治活動者，也沒有被人收編的可能。這樣的話，可說毫無意義！

十一、彭文說：「馬森等人使用的策略，不外將台灣文學地區化、文學文字論，以及國籍認同，目地在併吞台灣文學，和中國學者的台灣文學論有著同樣的通病，就是用盡策略模糊台灣文學的定義——像馬森代表的就是將台灣文學的義界擴散，像李瑞騰提出『台灣文學』就是切割台灣文學。」彭先生不滿意別人的見解，不妨心平氣和地提出自己的看法，沒有必要把持不同意見的人都看成陰謀家或強權者。我寫的文章只有邏輯思考上的策略，沒有其他的策略。我更沒有併吞台灣文學的目的。台灣文學不是維他命，吞下肚去怕是不易消化的吧！

十二、彭文更有一句不知所云的話：「馬森就是一面要人離開『政治』看台灣文學，自己卻一頭栽進政治的教條裏也不自覺。」學術的問題誠然不能以政治的立場或政治的觀點來討論，但並非不能談政治，否則就沒有政治學了，我的文章中有一節專門討論以政治的觀點來界定「台灣文學」，但是卻絕對避免把我個人的政治觀點（做爲一個國民我當然有自己的政治觀點）放在結論裏。我認爲台灣如果有一天脫離中國而獨立，台灣文學不管使用中文與否，都會成爲中國文學以外的另一個系統。但是今天台灣的國號仍叫「中華民國」，台灣文學就無法擺脫「中國」的印記。這不是一個願望的問題，而是一個事實的問題。至於台灣是否能夠獨立，除了決定於兩千多萬台灣居民的意願外，也要看大陸十億多人的意願。如果台灣的居民不怕任何的犧牲，非要達到獨立的目的勢不罷休，像愛爾蘭的獨立運動累積了數代的重大傷亡，也可能會有達到目的的一天。問題在於台灣大多數的居民願不願意準備做這樣的犧牲？在沒有瞭解人民的意願之前，政客的任意煽動都是極不負責任的行爲。可怕的是有些野心家，自己一遇到危險，搖身一變就成了置身事外的外國人，卻一味鼓其不爛之舌煽動無知的人民爲了他所指出的理想去革命奪權犧牲性命。拿他人的血肉做賭注，打的是只贏不輸的算盤，輸了呢，一走了之；贏了呢，再光榮歸來接受勝利果實，滿足一己的權力慾望。這樣的例子，在過去的歷上眞是屢見不鮮。理想與謊言本是錢幣的兩面，用之於政治，尤其正確！

從以上所舉諸點，可以看出來彭文是多麼地以情緒化的態度及政治化的立場來討論本該是一個學術性的問題！那天在成大「鳳凰樹文學獎」的講評會上遇到了彭瑞金先生，說實話我感到十分意外，以彭先生所堅持的理念，怎肯接受擔任「中國文學系」的「中國文學創作獎」的評審呢？我想彭先生做這樣違反理念的事，肯定是十分痛苦的！

彭先生所堅持的理念，不管我認同與否，都是他自己的事，我倒能夠瞭解與同情，但是彭先生也應該有雅量面對不同的意見。彭先生以《文學台灣》主編的身分發表這樣雜亂無章「不經深思」不尊重別人的文章，實在教人感到遺憾。我寫這篇駁言的目的是希望讓政治的歸政治，學術的歸學術，否則會永遠看不清眞正的問題！

原載一九九五年十一月《當代》雜誌第一一五期

愛國乎？愛族乎？——

「皇民文學」作者的自我撕裂

就現代國家的意義而言，中國正如世界上其他的現代國家一樣，是一個多民族的國家。但是就歷史的認知而言，並非如此。兩千年來的夷夏之辨，深深地銘刻在漢族的心靈中，彷彿中國就等同於夏，等同於漢族子孫，而漢族就等同於中國，殊未把中國國境之內的其他種族放在眼內。這當然並不合於現代國家的認同，首先，漢族已經不能單獨代表中國；同時，漢族也可以在中國之外另組國家，例如新加坡。

最近《聯合報副刊》刊出陳映眞與張良澤兩先生針鋒相對的文章。因爲張文申述過去在求學時代，受了國民黨的「民族大義」教育，批判過日據時代台灣作家的「皇民文學」，對此深感悔恨（一九九八年二月十日《聯副》）。陳文則對張的表現很不以爲然，認爲「對皇民文學無分析、無區別地全面免罪和正當化的本身，正是日本對台殖民統治的深層加害的一個表現。」（一九九八年四月二—四日《聯副》）

驟看來兩文似乎是統獨之爭在文學領域中的又一次演出，其實內在所包含的遠比政治觀點的分歧更爲複雜。

如果說主張台灣遲早應與大陸統一是基於民族大義，那麼主張台灣獨立，以現代國家的認同意義而言，並不必定違反民族大義，正如新加坡國的大多數國民不必否認身爲漢族。不論統派或獨派，毫無疑問地應該都是從台灣本土的利益出發，也就是說二者皆具有所謂的「本土意識」，不過所採取的策略不同而已。可惜「本土意識」是個極模糊的概念，人人都可以有自己心目中的「本土意識」，河洛族群、客家族群、原住民各族群、後來的大陸各省移民（不能稱之爲族群）肯定都各自有自己的「本土意識」。正因爲每個人都自以爲愛鄉土，但對鄉土的認知及感覺並不一致，對事物的看法才會發生嚴重的分歧。如果我們今日在民主教育的洗禮下，已經擺脫掉「罷黜百家」的專橫態度，人民意見的分歧在一個民主多元的社會中毋寧是一件可喜的事。有分歧，才有討論的空間；有討論的空間，才有可能達成協同或妥協。妥協在民主的社會中並不是件壞事，更能避免極端。

一個人的言說論述不出意識形態的制約，陳、張二先生的分歧正是在各自意識形態主導下的一種可資討論的問題。意識形態本身是一個至爲複雜的概念，包括有國族、階級、性別、家庭、教育、宗教、職業、黨派等等的影響與認同。同國族異黨派的個人或集團，可以有殊死之爭，例如國共兩黨的鬥爭；同政黨異國族的個人或集團，也可以發生各不相讓的爭執，例如中俄共黨之間無法消彌的歧見。文學的創作與研究當然也不能擺脫意識形態的左右。當國共相爭激烈之時，作家有左右翼之分，抗日戰爭來臨，馬上就出現「愛國文學」與「漢奸文學」的區別。戰後周作人因此坐了牢，張愛玲長久被排除在中國現代文學史之外。其實他們沒有寫過「皇民文學」，或發表過反華言論，只因有與日人合作的行爲，在抗日作家的心目中，非漢奸而何？而日據時代台灣作家所寫的「皇民文學」算不算漢奸文學呢？那時候台灣並非中國的領土，而是日本的殖民地，生長在日本殖民地的台灣人，與生長在中國大陸的中國人自然感覺與行爲均可不同，正像今日入籍美國的美籍華人首先效忠的不應該是美國嗎？問題是一旦美國與中國發生衝突，華裔美人也會落入兩難的處境吧？這就是爲什麼珍珠港事變後美國政府因懷疑日裔美人的忠誠而加以囚禁的原因。

我自己個人的生活經歷導致了我的批評態度與觀點的開拓與轉變。幼年時所受的國族認同教育和生活在日本佔領區的經驗，使我不可避免地在潛意識中存有夷夏之辨。記得一九六一年赴法路經香港，對香港留下了很糟糕的印象，因爲我發現香港人不但滿口洋涇幫英文，而且以做英國人爲榮，令我私心中曾爲他們感到羞恥。但是十五年以後的一九七五年，我再度到香港做研究工作，印象就截然不同了。第一，遊走歐美多年後，濃郁的懷鄉情懷使我對仍保留著中國情調的香港備感親切。第二，在歷經歐美的英、法、西各種不同文化的洗禮，以及各國的移民經驗之後，對國族的認同漸漸產生與前不同的認知。今日的移民與歸化已經是西方各國司空見慣的現象。對移民者而言，如果堅持國族的認同，不但難以融入當地的社會，而且會形成內心中不易承擔的痛。既然移民，心理上就不能不抱著放棄國族認同的打算。我在中美洲遇到的華僑的後裔，不是改成西班牙姓氏，就是改成英國姓氏，但是他們仍然承認他們的父祖來自中國。不能正常地認同自己的國族，他們的內心難免有自我撕裂之痛，所以美國和南洋的華僑數代之後，仍有不遠千里回歸中國尋根的事例。體會到移民者的自我撕裂的痛苦，就不能不對國族的認同採取較寬容的態度，而覺得國族的認同也許只是一個自我調適的問題，不該提升到民族大義的高度。

移民，除了被迫（逃避政治的迫害或貧窮）以外，也是人類的一種自由選擇。在作家中轉入他國籍的所在多有，例如波蘭裔烏克蘭籍的康拉德選擇了歸化英國，愛爾蘭籍的貝克特選擇了歸化法國，選擇歸化美國的歐洲和中國的知識分子和作家更是不計其數。這些人勢必自願放棄對祖國的認同，但卻不必放棄對宗族的認同，因爲國與族在今日的國家中是兩個可分的概念，怎可用民族大義的帽子來壓抑人類的這種自由選擇呢？因此我對九七前因害怕「暴政」而競相移民海外的香港居民抱著十分的同情。

移民，不論被迫或自願，總不算是強制性的。殖民就不同了，被殖民的人民，是在外力的強制下不得不接受異族的統治，不得不向異族低頭。而殖民者一般對殖民地人民的態度，不是蔑視、歧視、賤視就是欺壓。日本殖民者對台灣人也不例外，這正是在日據時期多數的台籍作家對日本統治者心存仇恨的原因。直到日本侵華戰爭開始，需要發動台灣的人力與物力，以供日本發動「聖戰」的驅策，才有所謂「皇民化」的策略。「皇民化」兼具國與族二者的認同，不但要求台灣人歸化爲日本國民，同時也要改日本姓氏，說日本語，歸化爲日本人，這是近代歐美國家對移民所沒有的要求。「皇民化」的嚴重性在於放棄了自己的族群！這似乎違反了「子不嫌母醜，狗不嫌家貧」的古訓，所以認同他族並不容易，何況這個他族正是踐踏我的殖民者！然而，久經日人對大和民族優越性的宣導，那些抗拒「皇民化」的台籍作家，也許並不完全出之於對中國或漢族的認同，主要抗拒的是不願做日本軍國主意的鷹犬、做殖民者的奴隸！其中一部分台籍作家在這樣的時刻甘心投靠軍國主義，爭取與皇民認同，便不免顯出搖尾乞憐的卑劣面相，爲其他的台籍同儕所不齒了。其實，在他們爭取皇民認同的過程中，首先必須唾棄被大和民族視爲「低賤」的漢人或台灣人的血胤，經過一番自我踐踏的掙扎，其內心豈能沒有撕裂之痛？

對國族的認同，有的人強烈，有的人淡薄；居住在中國大陸的漢人和被日本人統治了五十年的台灣的漢人也應該有程度的不同。魯迅在日本念書時因看到一張被日本人砍頭的中國人幻燈片而影響了他終生的志業。留日的郁達夫在《沉淪》結束時高喊：「祖國呀祖國！我的死是你害的！你快富起來，強起來罷！你還有許多兒女在這裏受苦呢！」這些沉痛的國族之情，也並非所有中國人都有，當然更無法以此來衡量殖民地文人的愛國愛族的情操。殖民地文人肯定有另外表現情操的方式，他們對國族的認同，正像移民者一般，在順應環境的習性下，日漸消薄了而已。

消薄了的國族認同，卻並不一定同樣消薄了範圍較小的族群的認同。吳濁流、賴和、楊逵的作品中就常常流露出族群認同的痕跡。「皇民文學」的作者，如非經過一番自我撕裂之痛，焉能脫胎換骨成爲「類皇民」耶？所以稱之爲「類皇民」，正如陳火泉所說「願爲日本臣民，而此身猥非日本骨血，傷非寧過於此？」既經過一番痛苦的內心掙扎終成爲「類皇民」，產生了「類高貴」的感覺之後，再回過頭來放棄「類高貴」的「類皇民」，重新認同原已唾棄的漢族，肯定又需要一番更爲痛苦的掙扎了。陳文稱這種「自我厭憎」及高攀「皇民」的情意結爲「精神的荒廢」，並引日本作家尾崎秀樹《舊殖民地文學之研究》中的一段話說：「對於這精神上的荒廢，戰後台灣的民眾可曾以全心的忿怒回顧過？而日本人可曾懷著自責之念凝視過？只要沒有經過嚴峻的清理，戰時中精神的荒廢，總要和現在產生千絲萬縷的關係。」

同樣是拋棄國族的認同，荒謬劇作家貝克特雖棄愛爾蘭而長居法國，並沒有使人覺得他輕賤了愛爾蘭，高攀了法國；「皇民文學」作家之認同日本軍國主義卻令人感到他們通過自我輕賤而高攀了大和民族。張文以寬容的態度表達了對「皇民文學」作家的同情與愛心，是否也表示他並不把自我輕賤和高攀異族視爲嚴重的事呢？這恐怕也正是陳文想要提出的問題吧？

原刊一九九八年四月二十七日《聯合報副刊》

關於台灣文學的定位——請教鍾肇政先生

主編先生：

今晨拜讀貴刊鍾肇政先生大作〈尊重與理解〉一文，不勝欣慰，因爲希望大陸作家尊重與理解台灣文學正是大家共同的心聲。

十月二十八日至二十九日在台北國家圖書館舉行的「兩岸作家展望二十一世紀文學研討會」我也曾全程參與，當時也聽到了鍾先生代表台灣作家所致的閉幕演講，我覺得大陸作家實在應該聽聽像鍾先生這樣跨越「日據」和「光復」兩個時代的台灣老作家的心聲。鍾先生所言非常中肯。不過其中有一點，我當時就想向鍾先生請教，可惜沒有時間。現在在貴刊重溫鍾先生的大作，於是又想起了我的問題，因此不揣冒昧借貴刊一角就教於鍾先生。

鍾先生文中說「台灣文學的歷史很淺，大約七十來年的光景。」從光復的一九四五年到今年已經過了五十多年，看樣子鍾先生沒有把日據以前兩百多年的台灣文學以及日據前期三十年的台灣文學計算在內。如果是這樣子，鍾先生所計七十多年以外的台灣的文學該如何稱呼？

鍾先生引「日本台灣學會」所提專題論文中稱台灣文學爲「複合文學」或「越境文學」，從日本觀點而言自有其道理。但是這個觀點只能概括日據時代五十年的台灣文學，或如鍾先生所計日據後期二十年的台灣文學，卻難以概括日據以前及光復以後的台灣文學。如果籠統地說這種「日本觀點」「把台灣文學的定位很清楚地交代出來」，恐怕會引起誤解。不知鍾先生以爲然否？

耑此順頌

編祺

馬森敬上十二月八日

原刊一九九九年十二月九日《聯合報副刊》

痞子對大俠——

王朔論港台文學引生的話題

素有北京文壇痞子之稱的王朔忽然在北京《中國青年報》上為文痛批香港的大俠金庸，在大陸和香港的文壇掀起了一陣波浪，使上海的《文匯報》、《新民晚報》、香港的《明報》和《明報月刊》都捲入了戰陣。王朔開始出拳甚重，恨不得一拳就把大俠擊倒。沒想到大俠畢竟是大俠，施出了「一指禪」功，四兩撥千斤，一句孟子的「人之易其言也，無責耳矣」，就把對方的一記狠拳輕易推開了。

多年前，在北京跟王朔先生有過一面之雅。那時香港尚未回歸，台港的作家訪問團跟北京的作家聚餐座談，席開五六桌，我正巧與王朔同桌，雖然沒有機會多談，倒也趁機對王朔先生多看了幾眼。印象中是帥哥一個，說話口齒犀利，很獲我的老同學王蒙的賞識。至於爲什麼贏得「痞子」之雅號，大概是由於王朔說話的口氣以及故意表現在外的那種隨隨便便不把權威放在眼中的帥勁兒。看看他早期作品的書名，像《我是你爸爸》、《玩的就是心跳》、《過把癮就死》等等，的確有種「痞味兒」，所以「痞子」一詞在別人可能覺得是種污衊，在王朔則可能是有意製造的一種挑人眼目的符號。那幾年果然王朔的作品不脛而走，北京的書攤上到處可見高懸著的用彩色筆寫在馬糞紙上的「王朔作品」幾個大字。但王朔不管怎麼痞，怕也痞不過金庸筆下的韋小寶吧！

王朔在北京《中國青年報》上痛批金庸的文章開宗明義就說：「金庸的東西我原來沒看過，只知道那是一個住在香港寫武俠的浙江人。按我過去傻傲傻傲的觀念，港台作家的東西都是不入流的，他們的作品只有兩大宗：言情和武俠，一個濫情幼稚，一個胡編亂造。」爲什麼住在香港的浙江人寫的東西不入流呢？因爲王朔覺得「無論是浙江話還是廣東話都入不了文字。」王朔的這些話不只一竿子打翻一船人，而是打翻三船人：浙江一船、香港一船，再加上台灣一船。

明明是爲了批金庸，卻偏偏把台灣的瓊瑤也拐帶上去，他說：「瓊瑤是牢牢釘在低幼的刻度上，她的擁戴者一直沒超出中學年齡，說起喜歡的話也是嫩聲嫩氣，也就是一幫歌迷捍衛自己的偶像。她是有後來者的，大陸港台大批小女人出道，把她那一套發揚光大。現在那些玩情調的女人說起瓊瑤都撇嘴，全改張愛玲了。」刺過了瓊瑤，主題仍然落在金庸的武俠小說身上。武俠小說爲什麼不能登大雅之堂？因爲「本是舊小說一種，八十年代新思潮風起雲湧，人人唯恐不前衛，看那個猶如穿緬襠褲帶皮帽，自己先覺跌份。」

在王朔的心目中，香港的作家只有金庸，而台灣的作家只有瓊瑤，所以他說：「誰讀瓊瑤金庸誰就叫沒品味，一概看不起。」看了這樣的話，瓊瑤女士會不會生氣，我不知道；金庸先生似乎沒有生氣，至少是裝作不生氣，要學佛家的「八風不動」（利、衰、毀、譽、稱、譏、苦、樂謂之「八風」），只說：「王朔先生根本瞧不起南方的作家，尤其是浙江人、台灣人與香港人。」除了施出「一指禪」外，沒有回罵，反倒說：「將來如到北京耽一段時間，希望能通過朋友介紹而和他相識。」金大俠的大度，多少說明了他是個行過萬里路的人，見多識廣。王朔一直住在北京，雖是首善之區，畢竟限於一地。

輕視言情、武俠等通俗文學倒也罷了，偏偏王朔又扯上各種方言入不了文字，這麼一來問題可大發了，不但排斥掉所有的方言文學，而且觸犯了寫實主義的美學規範，同時也戳到了台灣提倡「台灣話文」的本土派的馬蜂窩。其實王朔是個心直口快的人，有什麼說什麼。其他心裏明明瞧不起，而不肯說出口的，恐怕還大有人在。因爲北京話做爲通行的官話已有幾百年的歷史，加上白話文興起後知識分子倡導「國語文學」，不說國語地區的人士寫起「國語文學」來當然大大吃虧。像浙江、福建（包括台灣）和廣東等省的方言距離北京話何其遙遠，也難怪王朔心中有這樣的偏見。以前我們常說大陸的作家常具有「大中原心態」，從王朔的言論看來，應該稱之謂「大北京心態」，北京以外的都歸入「看不起」之列了。台灣作家早就憂慮，倘若把台灣文學看做是中國文學的一部分，難免流於中國文學的旁枝末節或「邊彊文學」，將來不管多麼努力，總脫不了附庸或被蔑視的地位。如今看來，這般憂慮並非無因。

然而，王朔的偏見與自大固然過分，可是其他地區一樣存有不同程度的偏見與自大，有時發之爲「本土熱」，有時發之爲「排外狂」，都因爲只看到頭上的一頂點天空，難免爲行過萬里路的金庸所笑了。

金庸在回應王朔的文章中細細地列舉了產自浙江的古代大學問家，諸如王陽明、黃宗羲、張學誠、袁子才、龔自珍、章太炎、俞曲園、王國維、孫詒讓等和現代大文學家，像魯迅、周作人、蔡元培、郁達夫、茅盾、俞平伯、徐志摩、夏衍等，以示不會說北京話或說不好北京話的浙江人並非寫不出好作品來。看了這樣一個赫赫的名單，王朔不知作何感想？其實細味王朔批金的文章，表面上的狂妄掩蓋不了內心深處的醋意；口中的蔑視也可能不過是起於過度的恐慌。瓊瑤、金庸的小說銷路實在太好了，好得搶走了其他暢銷作家的市場。王朔本來也是暢銷作家，不幸近年來有些每下愈況，而且他那種「痞味兒」既過不了長江，更超不過海峽，難怪王朔不能不怪罪「南方人」的「不入流」。今天在市場導向的資本主義制度下，最受歡迎的是王朔稱之爲「四大俗」的「四大天王」、「成龍電影」、「瓊瑤電視劇」和「金庸小說」。特別是金庸的武俠小說，不但在北師大王一川教授等編的《二十世紀小說選》中名列第四，文學教授嚴家炎在北京大學開了「金庸小說研究」，連美國的科羅拉多大學和台灣的「中國時報」前不久都曾舉辦過金庸小說研究的國際會議。有沒有過度膨脹了金庸武俠的文學價值暫且不論，至少看在其他作家（特別是自認爲嚴肅的或純正文學的作家）眼裏，難免產生醋酸的作用，惹得王朔不能不牢騷滿腹地說：「創作現在都萎縮了，在流行趣味上可說是全盤淪陷。」王朔在接受《北京青年報》採訪時更進一步說：「中國當代文化尤其是北京新文化，包括文學、電影、音樂，我是參與者。可是到了現在，包括我女兒這一代，全被港台文化弄暈了。」是的，這正是重點所在，（不入流的）港台文化居然把首善之區的北京人的頭腦都弄暈了，是可忍也，孰不可忍？這恐怕正是王朔的恐慌所在了，以致使他在無可奈何之餘只好歸罪於「資產階級」。他說：「中國資產階級所能產生的藝術基本上都是腐朽的，他們可以學習最新的，但精神世界永遠浸泡、沉醉在過去的繁華舊夢之中。上述四大俗天天都在證明這一點。」

以上的話不知是否王朔在恐慌之餘的口不擇言，因爲今日來罵資產階級似乎有點不符合時代潮流，而且也不像以前以反「主流」自居的王朔自己的言論。他從前明明說過呼應走資路線的話：「當我們這個社會剛剛容忍一點個人主義的存在時，便有一幫自以爲卓爾不群的人開始兜售『不想當元帥的士兵不是好士兵』這句充滿煽動的話，不知坑了多少本來可以活得好好的人。」（見一九九二年《過把癮就死》中〈作者的話〉）可見王朔本來挺欣賞資產階級的「個人主義」的，如今怎麼又把資產階級看成是腐朽的淵藪了呢？不管個人多麼恐慌，其實很不該再搬出馬、列、毛的招牌。今天中國大陸走到對外開放、市場經濟這一步，多不容易！如果沒有資產階級，哪有財富的累積？又怎能張開兩臂歡迎外商、台商的投資？將來要實現政治的民主，也少不得要依靠資產階級及中產階級。難道王朔先生居然看不到這一點嗎？認眞想一想，過去五十年無產階級當家做主的時候，大家都得當元帥的好士兵，不管願不願意，那時候又產生過什麼不俗的、不腐朽的、高明的藝術和文學呢？

精緻的藝術和精緻的文學永遠是屬於小眾的，屬於哪些受過相當教育而又有些講究口味的人。說這樣的話，很不合無產階級的口味，但這是實踐得來的認知！實踐不是檢驗眞理的唯一標準嗎？一九九八年美國蘭登書屋（Random House）選出本世紀百大英文小說，獨占鼇頭的《尤利西斯》（*Ulysses*），雖是公認的精緻小說，過去卻曾有每年只銷出寥寥幾本的記錄，而今日也絕對上不了暢銷書的排行榜。所以，如以毛澤東「爲人民服務」的立場而言，這樣曲高和寡的作品代表的才是資產階級的口味，言情和武俠反倒是人民大眾喜聞樂見的品種哩！

原載二〇〇〇年一月香港《純文學》復刊第二一期

附錄

馬森的旅程

陳雨航

0

「很早我就養成了一種把每日所見、所遇、所感記錄下來的習慣。我的日記打十二歲開始一直持續了將近二十年，才因工作與家事的繁忙而中斷了。除了寫日記以外，我也寫故事……

「大學時期，大概是民國四十二、三年吧，我參加了教育部舉辦的大專青年創作比賽，獲得小說第一名，那時候國內還沒有電視，倒是上了在戲院正片之前放映的新聞片，記者問我將來是不是計畫成爲小說家？

我回答說，我也不知道。

1
基隆碼頭，一九六〇年。
年輕的馬森揮別了家人、熟悉的土地，航向他的未來——到巴黎去學電影。

■爲什麼是巴黎？爲什麼是電影？

馬森：那時候，我是師大國文系的講師，我很喜歡法國文學和藝術，所以學習了法文。正好法國提供了三名獎學金，我便參加了教育部主辦的這次考試。

我在國內的大學和研究所唸的是中國文學，總不能到法國去唸中國文學吧？另一方面，我在大學時代便參加了師大劇社的活動，也曾一度加入中影公司的前身農教電影公司當演員，雖因進研究所而作罷，但是對電影的興趣仍不稍減，有這樣一個機會到法國去，自然要學習電影和戲劇這樣的課程，所以我進了法國巴黎電影高級研究院學導演。

2

■「生活在瓶中」的序「懷念在巴黎的那段日子」裏，您述了那個時期的一些事情，感覺上相當浪漫，是這樣嗎？

馬森：不全然是，我也有格格不入的感覺。大體上，我在巴黎的日子是相當忙碌的，尤其是我當學生的時期。我每天看兩部到三部的電影，還要上課、寫論文，觀賞戲劇演出等等。

在這段學生時期，馬森拍攝和剪輯紀錄影片，導十六厘短片，受演員訓練，編導三十五厘的影片《人生的禮物》等，並且完成畢業論文〈二次大戰後中國電影工業之發展〉。

畢業後的馬森，本想以自己對電影的認知與技術投入電影界，但一個東方人要打進法國影界非常困難，馬森只爲瑞士電視台拍製過一部紀錄電影：《在巴黎的中國人》。

不久，馬森回到他的老本行，教書。他在巴黎大學教授中國文學，同時在巴黎大學漢學研究所修博士課程。

■在這段時期，我不免會想到「歐洲雜誌」，是不是能夠談一點這本雜誌當時的情形？

馬森：到巴黎幾年後，中國同學越來越多，有學畫的、有學文學的、也有學法律的、經濟的，我們常在一家咖啡館裏會面，《歐洲雜誌》便是從這裏醞釀出來的。雖然大家都很熱心，可是也都忙於生活問題，不容易有足夠的時間撰稿。當時對這本雜誌出力最多的是金戴熹，除了開始由我主編外，我離開前後編輯工作多半是由他支持起來的。《歐洲雜誌》在一九六五年創刊，發行雖不廣，爲期也不久，但也發生一些影響。後來《歐洲雜誌》因爲國內缺少負責人而難以維持下去，那時，我已經離開法國到墨西哥一年了。

■是甚麼原因使您離開住了七年的法國而往墨西哥去呢？

馬森：在巴黎的生活並不都是歡樂舒暢的。因爲我幼年時代是那麼的動盪不安，戰禍的悲慘、親人的生離、生活的艱苦，早就使我隱隱地察覺到人生似乎是爲受苦而來的。在巴黎看到法國人的歡樂與安詳，總覺得有些格格不入，並且深深地感覺到我是應該屬於另外那受苦的一群。這恐怕是我選擇離開法國的潛在原因吧！

另一方面，我的教書工作雖然還得心應手，但在心情上卻不太帶勁。碰巧有一個機會到墨西哥去，我便做了決定。

3

在墨西哥，馬森是墨西哥學院東方研究所的中文部教授，墨西哥學院是墨西哥革命黨（執政黨）培養高級幹部的場所。在整國中美洲西班牙語系的學院中，中文研究所僅此一家，他又是唯一的教授，因此，在墨西哥的五年馬森沒有壓力，生活悠遊愜意，寫作生活也具體起來。

這段時期，馬森最主要的作品是：①後來結集爲《馬森獨幕劇集》的一系列獨幕劇；②長篇小說《生活在瓶中》；③《北京的故事》系列短篇小說。

■ **「馬森獨幕劇集」可以說是一系列的荒謬劇，您能告訴我們您的觀點和所受到的影響嗎？**

馬森：荒謬劇，就如存在主義在文學中所探索與表達的荒謬一般，實質上並不眞是荒謬的，只不過是一種觀點的轉移。如果站在傳統的觀點以爲現代是荒謬的，那麼站在現代的觀點同樣會感覺傳統是荒謬的。現代人，不容否認地，對我們所居留的世界、宇宙，及對人之爲人的心態，有更爲深入廣闊的探求與發現，遠超過傳統的繩墨範籬之外。這就在各方面都產生了觀察深度的增長與觀察角度的放大與轉移。一方面這好像表現了人的立場再不如在傳統的方式中那麼穩定，但另一方面卻也表現了人有了更大的自由。這種自由在各個不同的領域中，引起了現代人的生活方式、思維方法以及欣賞趣味的極大變化。因此，現代劇（包括荒謬劇在內）的表現方式與內容，自與傳統的戲劇大異其趣。

我並不認爲我的劇與西方的荒謬劇完全相同。

在我的劇中，我所關心的問題，我所企圖要表達的意念，跟我所採用的表達形式有密切的關係。換一句話說，一方面內容決定了形式，另一方面形式也決定了內容。它的表達方式與內容，不是傳統的，既不是西方的傳統，更不是中國的傳統，然而卻受著西方現代劇與中國現代人的心態的雙重支持，換一句話說，在形式方面接受了西方現代劇的影響，在內容方面表達的則是中國現代人的心態。

■《生活在瓶中》的背景是巴黎，這有可能意味著您的生活嗎？

馬森：並不。我有一些作品是近於自傳的，也有的作品牽涉到我的親人、朋友的，我都不便發表。

《生活在瓶中》和獨幕劇的大部分一樣，大體上是醞釀在巴黎，而於墨西哥寫就的創作。

■**《北京的故事》呢？我們很驚訝地發現它早在一九七〇年就完成了，而遲至去年（一九八三）才在國內發表。另一方面，您那時並未到中國大陸去，它是怎樣完成的呢？**

馬森：我是濟南附近的齊河出生的，中學時代曾經在北平住了一年多，對那裏很熟悉，也很喜歡。

《北京的故事》基本上是靠我的直覺和資料寫成的，那時候是「文革」時期，在報章雜誌上有著大量的資料。

《北京的故事》最先是用法文寫的，我的一位法國作家朋友看了，覺得不錯，爲我介紹了一家出版社，那家出版社的編輯在會審時，誤會了我這部作品是翻譯的，所以沒有出版。我的法文被認爲是翻譯的文筆這件事使我很灰心。後來另一家出版社計畫在香港出版中法文對照本，都談好了，那家出版社突然倒閉，結果又未能出版。

之後，我用中文改寫了前面三、四篇，在香港《明報月刊》發表，用的是筆名，不少人誤以爲作者是從大陸逃出來的呢。在《人間副刊》上發表的是重新改寫的。

4

■是什麼原因使您離開您稱之爲「急流中的湖泊」的墨西哥歲月，而到加拿大去呢？

馬森：我到加拿大是去重新做學生的，我去唸社會學。這件事在我的生命中是個很大的決定。這件事受「文化大革命」的影響很大。中國人到底發生了什麼問題，怎麼做出這樣的事情來呢？作爲一個中國人，我很關切中國的社會和文化，她到底發生了什麼病症呢？我很想分析這些問題，可是我過去的學歷全是文學、藝術、戲劇等方面的，沒有能力在社會和文化等方面做研究和分析。雖然那時我有回國的念頭，但趁著人在西方，可以利用這個機會再學一點社會科學方面的知識，以便有能力分析中國的社會與文化問題。正好我有一位比利時的朋友在加拿大英屬哥倫比亞大學教書，我問了那邊的情況後，便下了決心，於一九七二年到加拿大去。

■從爾雅版《夜遊》附錄的寫作年表裏，我發現您在一九七五年到一九七八年那幾年間的產量相當豐富，計有已經結集的短篇小說集《孤絕》（聯經）、《海鷗》（爾雅），長篇小說《夜遊》和未發表的長篇小說《艾迪》等，有什麼特別的因素嗎？

馬森：這倒是眞的，到了加拿大後，我的生活發生了很大的轉變。年輕的時候，我一直在學校裏，不是當學生，就是教書，雖然我也參加戲劇演出和很多其他的活動，但是都沒有參加社會上的活動，對人生的體驗不夠，好像青春一忽兒就過去了，大致可以說是「純純的」那種青春。到了法國之後，重作學生，與年輕的同學爲伍，彷彿又有了第二個青春，卻又因功課壓力極重，沒有什麼時間認識人生的問題。到了加拿大，由一個教授第三度成爲一個學生。我的同學仍然是十分年輕，他們也未發覺我與他們的年齡差距，加以加拿大自由的環境，我忽然在心理上年輕起來，我發現我還可以再過年輕時未曾經歷的生活。那幾年我過得十分自由自在。這第二度的青春給了我許多生活的刺激和情緒上的發展。我過去的情緒一直是收斂的，那幾年的加拿大生活，文化空氣和心理的因素使我的情緒爆發出來，我又重新發現了自己，這一點對我寫作產量的增加可能有影響。

一個作家要能寫出東西來，第一要有自己的生活；第二要情緒能發揮出來。否則只能成爲一個學者的作家，那就是只用腦子的作家，文學作品不只是腦子的活動，而是一個完整的人的活動，包括情緒、思想、經驗等一切整體的表現。

■在什麼情況下寫成《孤絕》和《海鷗》的？

馬森：《孤絕》和《海鷗》裏的短篇小說都是在加拿大的時期寫成的。《海鷗》這本書的時期拉得比較長，而《孤絕》的時間比較短，差不多是我在寫博士論文的同時，可以說是我的論文的副產品。

我在論文寫得很煩的時候，便停下來寫小說。一個是理性的，一個是感性的，兩者配合得很好，使我的精神獲得一種平衡。我完成了論文（第三世界的經濟社會發展），同時也完成了許多短篇小說。

■您研究社會學，對於您想分析中國的問題，提出了答案嗎？

馬森：我當初曾經考量中國未來的方向，那時我想，中國應當找出有別於西方和蘇聯的模式而走出第三條道路來，它也許具有西方的長處而又可保留中國的特點。

這第三條道路很難尋，我研究了多年社會學，可並沒能尋出一條路子來。然而對第三世界的社會、經濟畢竟加深了瞭解。

■然後就是您那部長篇小說《夜遊》了。《夜遊》探討了性觀念、婦權、人類的未來、文明與野性等等文化方面和社會方面的問題，主題十分龐大，您是怎樣去構思這部小說的？

馬森：住在加拿大溫哥華的期間，我感覺到許多中西文化衝突的現象，那時，因爲研究社會學的關係，我常常用社會學的觀點來看這些問題。我忽然想到也許可以用文學的方式把這些問題表現出來。

一開始的構思是比較抽象的觀念，後來，我覺得應該藉一個女人的眼光來看這些問題。因爲我是一個男性作者，我自己過去對女性也有一些偏見，這本書多少也有些自我批判的意味。我應該多離開我自己的觀點，想辦法深入另一個性別的觀點來看這些社會問題。我特別感到中國也好西方也好，女性在工作和家庭方面都是很吃虧的，有許多事情，男人可以做，女人卻不可以做。而在傳統以男性爲主的社會，常常鼓勵女性去做對男性有利的事情，而不以女性的立場來辨別那些是對女性有益的事。《夜遊》嘗試著以女性的觀點和視野來分析一切。

另一方面，我是生長在傳統社會中的男性，眼光受到很大的局限，我過去寫的書很少用女性的觀點來看問題，這次做新的嘗試，希望突破我自己，也就是說突破我過去的作品，也突破我過去生活裏的行爲和看法。我以爲作爲一位男性作者應該站在公正的立場說話，畢竟男女性的關係十分密切，不必那麼壁壘分明。我希望讀者，特別是男性讀者，應該想辦法超脫自己的局限，承認女人有權利說話，有權利看問題，也有權利表現她自己的感覺。

過去有許多作品，都是從男性的感覺出發，甚至有許多女作家作品裏的觀念也是以男性對她的要求出發的，她有時不敢寫她眞正的感覺。《夜遊》希望能讓女性勇於表達她們眞正的感覺。

這本書大致寫了一年的時間，完稿後，曾經拿給白先勇看，他提出了不少意見，我因此刪改了一番，成爲現在的面目。

5

馬森在加拿大住了七年，獲得社會學博士後，分別在阿爾白塔及維多利亞大學任教。一九七九年，馬森再度「遷徙」，他應聘赴英國倫敦大學亞非學院執教，在那裏，他成爲終身職。

一九八〇年，去國二十年之後，馬森第一次返國。

「離開這麼長久，在飛機上，我想當我踏上故土時，我也許會熱淚盈眶，或者會感情激動，不能自抑，但是沒有，我行過中正機場的航空大廈，覺得它和歐洲的那些大機場一樣，雄偉而現代。我表現得很冷靜，雖然我內心裏高興極了。」

那次之後，馬森又回來了一次。去年，他應國立藝術學院之邀第三度回台，在戲劇系擔任客座教授。

一年來，馬森成了國內學藝界最活躍的人士之一，他在藝術學院授課，帶表演課程，導演他自己的幾齣戲《強與弱》、《母與妻》、《腳色》以及尤乃斯科的

《禿頭女高音》等。教書之餘，他還經常應各大學或其他單位的邀請演講。

在寫作方面，馬森除了在《中時人間副刊》發表《北京的故事》及撰寫「東西看」和「述古道今」兩專欄之外，還經常應各報刊雜誌編輯之邀，撰寫有關戲劇及電影的文章。馬森說這是他最忙碌的一年。

繼五、六年前在國內出版《馬森獨幕劇集》、《生活在瓶中》、《孤絕》三本書之後，馬森在今年年初由爾雅出版社出版了《夜遊》，和以往不同的，《夜遊》獲得了讀者強烈的反響，短短三個月間即銷行到第四版，以較嚴肅的小說而言，這是十分難得的現象。緊接著，《北京的故事》（時報）與《海鷗》（爾雅）又即將出版。

■您的作品，以《夜遊》的反應最大，有一些讀者認爲您提出的問題都太「前衛」了而很難接受，不知道您的看法如何？

馬森：在一個文化裏，就需要有不同的意見來沖激這個文化。一個文化如果要往前推進，就不能只允許一個意見一成不變的繼續下去，而是需要時時有新的反省，時時有新的刺激和沖激，這是一種辯證的發展。不一定新的就一定比老的好，但新的一定有和老的不一樣的地方。

■在您的作品裏，「存在主義」似乎是無所不在，這是您作品中的特色之一，您能告訴我們「存在主義」對您的影響嗎？

馬森：我在國內時，尚未有存在主義的引進。一九六〇年，我到法國時，從一些存在主義作家沙特、卡繆、貝克特、尤乃斯科等人的作品接觸到這個思潮。由於這些存在主義作家的看法與他們的生活的一致，使我很能接受他們的看法，自然就受到了影響。存在主義有兩點對我的影響特別大：一是它確定人到世界上來是自由的，一旦你有了自覺，自己作爲一個個人的存在以後，你就完全自由，你可以做各種各樣的選擇。其次，因爲你有自由，你就負了很大的責任，你要爲別人負責，但更重要的是你要對你自己的存在負責，也就是不辜負你自己的存在現象。生命是短暫的，你如何完成你短暫的生命是一個重要的課題。我曾經爲自由和責任思考過很久，所以我想在我的作品裏自然會無意中流露出來。

■早期，您是研究中國文學的（師大國文系、國文研究所），然後您在西歐、拉

丁美洲、加拿大等地長住過，研究的範疇則擴展到電影戲劇和社會學等等，這樣複雜的地緣關係與截然不同的文化，對您產生的影響究竟有多大？

馬森：影響很大，至少使我對文化與社會的看法十分客觀。我最早受儒家思想的影響很大，我不敢說能跳開它的影響。到了法國以後，讓我脫離了中國的文化，發現到另一個西方的文化，到了墨西哥之後又發現語言與文化和法國又完全不同，墨西哥文化是西班牙與印第安文化的複合體。這三種不同的文化與標準已經使我有超越文化藩籬的傾向。到了加拿大，加拿大的歷史十分淺，居民都是各地來的，各種各樣的文化都在此交互影響，交互沖激，使我益發感覺到從前的主觀。以前認爲可貴的不再覺得就是那麼可貴；以前輕視的，不一定就該那麼輕視。那時，我得應用新的角度來衡量一切，而這新的角度更能超越文化的範限。

我現在與從未出過國的朋友談話，就發現到他們無法超越他們的文化母體；甚至我與從台灣只到過美國留學的朋友談話，也發現到他超越了他的文化母體，卻又掉進另一個文化裏面去，他發現原來的文化有許多都不對了，對的是美國的文化，也就是說，他從一個絕對到了另一個絕對。

我轉了這麼多轉之後，不會從一個絕對跑到另一個絕對，我對很多事情都採取一種相對的看法，都不是一個絕對的態度。因爲我覺得沒有文化是絕對的，每一個文化都有他的主觀成分在內，也許把幾個文化都比較了以後，才能找到一個「比較」客觀的東西。今天的看法，我懷疑有所謂絕對的客觀，只是都是相對的；我懷疑有所謂絕對的眞理，眞理也是相對的，你追求眞理的時候，眞理也在一天天的改變，你接近它的時候，它又離開你了。這種感覺和我在不同的國家的不同的生活很有關係。

■「孤絕感」是現代人的寫照，也是您作品裏的一大特點，這是否多少與您長久生活在不同的文化裏，且一再遷徙有關？

馬森：不是這樣的原因，至少不是主要的原因。《孤絕》最重要的還是表現目前西方工業化社會所帶來的疏離感。這也可以說代表著台灣的現在與未來，因爲台灣現在已工業化，也接近了孤絕與疏離的心境了。

我爲什麼說孤絕並不代表一個外國人生活在異國的文化裏的心境呢？因

爲我是一個很容易適應的人，我在法國適應得很好，同時我也和法國人結婚，適應了他們的社會。但是說到參與，我在法國並沒有眞正參與到他們的社會裏去，在墨西哥也是一樣，我唯一眞正參與進去的社會是加拿大。爲什麼我在加拿大能成功地參與進去呢？因爲加拿大先天是個移民的國家，她有各種各樣的人在其中，我感覺自己不受排斥，事實上我感覺到加拿大的朋友和其他的人都敞開懷抱來接受我，這是連法國都沒能做到這樣徹底的地步，雖然我和法國人有著婚姻的關係。我的法國婚姻的家庭整個接受我，但在社會上，並不感覺到法國人接受一個中國人，因爲法國是一個單純的國家，一個外來的人，很明顯的可以看出來。有特別的情形可以接受你，可是整個的社會卻不接受你。加拿大則是可能有特別的情形不接受你，但整個的社會接受你。

我在加拿大被社會接受，而不是孤絕於社會以外的人。爲什麼還有孤絕感呢？那就不是我一個人的問題，而是整個工業社會的現象。所以，孤絕的形象是當前工業化社會的普遍現象，而不是一個異國人所感覺的現象。

■評論家曾經指出您的感覺敏銳纖細，您在《馬森獨幕劇集》裏，也談到中西方對「感覺」不同之處。「感覺」的描述成了您作品的特色之一，請問您如何看待「感覺」？

馬森：基本上，中國的文化太傾向思想而輕忽感覺。我曾經寫過一篇論文〈論老人文化〉，認為中國從周朝開始就是一個老人文化，一切以老人的思想與視野來看問題。因為老人的感覺都退化了（除了味覺），所以偏思想而輕感覺。老人以老人的視野看問題，就是年輕人也偏向老人的視野，所以使得整個文化壓制感覺，不讓感覺發散出來，譬如說對性的壓制，甚至將性視為污穢或不道德等歪曲的觀念。西方過去也有這種障礙，不過經十八、十九世紀，科學與心理學方面的洗禮，已經超越了這種問題，可以將之視為自然客觀，不再視為神祕。中國人未能超越這種問題，因之在感覺方面受到壓抑，使得中國的文學與藝術受到窒息。我自己是生長在中國文化裏的，雖然經過後天的努力，也不能完全擺脫幼年所受到的影響。經過幾個文化的轉折，我在感覺上開放了自己，特別在感覺的觀念上開放了自己，不再抱持成見。

因爲身體有許多自然的需要，譬如說吃東西、飲水以及性的需要，是不是應該說吃飯是可貴的，而性又是卑賤的呢？是不是應該有一種成見將各種欲望和需要加以類別呢？我想，這不需要。原來存在的東西都有它原來存在的道理和價値，不須以後天文化性的成見來約束，否則，人整個的發展就會受到扭曲，反而不健康了，這是我個人對感覺的看法。

■批評家同時認爲您在《夜遊》裏直接說理的成分太重，雖然擲地有聲，卻不夠含蓄，不夠複雜，您認爲這種看法如何？

馬森：我認爲文學和藝術最重要的出發點是感覺，而不是從理性出發。評論家認爲我的小說太重理性，也許他說得對，我未能做到擺脫理性人的地步，我應該要做到完全從感性出發。如果我在《夜遊》裏未能做到，那是我失敗的地方，我想他的批評是對的，對我很有幫助。

■您的寫作方式，傾向於對人的感覺世界的描述與對人心內在之體察，也就是「內在的寫實」或「主觀的寫實」（《孤絕》序），爲什麼您會做這樣選擇呢？

馬森：西方寫實主義與自然主義的作品是我過去最喜歡的作品，像福樓拜、左拉、屠格涅夫、托爾斯泰等人的作品都是寫實主義的作品，我大學時期看的小說也就是屬於這一類。我覺得他們用很客觀的態度去呈現眞實的人生，雖然人生有許多悲苦，人性有許多陰暗，他們也都毫無掩飾的表露出來，而不以教化的藉口去掩飾許多人生的眞相，這都是很可取的地方。

我後來在法國接觸到許多現代主義的作品，從卡夫卡以降，有許多包括戲劇在內的文學作品，其形式都不是寫實的，與十九世紀的寫實主義相差很大。可是我發現它的精神還是寫實的，也是要發掘人生的眞相，只是形式上不是寫實罷了。我就領悟到，所有的文學作品和藝術作品都是追求一個眞實，只不過在形式上有所不同，爲什麼我們一定要堅持在形式上如照相般呈現才是寫實，而用另外的如素描、潑墨、書法等看起來不像模擬人生，其實表現人生更深入的層面的手法卻不是寫實呢？「外在的寫實」我指的是十九世紀福樓拜、左拉他們那一派，以及模擬這一派的作品，像中國五四以來的作品。中國五四以來模擬寫實主義的作品，小說也好，戲劇也好，有許多是很失敗的，它外貌上模擬，但內裏觀察人生不夠深刻，未能忠實表達人生，常有虛矯之處，也就是在寫實的外貌裏卻擺進了理想主義或者虛構的東西，這個我稱之爲「擬寫實主義」或「假寫實主義」，在我的看法裏，極不可取。眞正的寫實主義雖然很好，但我認爲並不是唯一的道路，所以我稱之爲「外在的寫實」。「內在的寫實」，其表現手法、文學形式不一定是寫實的，可能是象徵式的或夢境式，可是它顯示出更多的眞實。我在《孤絕》裏採取的就是「內在的寫實」。在那本書裏面，我用了各種方法，有許多文字上的嘗試，描述上的嘗試，或者是表現上的嘗試，企圖在「內在的寫實」的表現上創立一個新的形式。至於成功與否，就有待讀者和評論家來看了。可惜，這本書似乎沒有什麼反應。

6

■記得您第一次回國時，對國內的戲劇有很深的印象，經過這幾年，您有什麼新看法嗎？

馬森：戲劇又朝前發展了。那時剛剛嶄露頭角的蘭陵劇坊已經有了其他不同的表現，比過去進步。蘭陵之外，又還有其他的小型劇團出現，像方圓、小塢等等。

最重要的是有許多好的劇本產生，尤其是年輕人當中，也有相當不錯的創作劇本，這一切都給了我很大的鼓舞。

很可惜的是我們仍未有職業劇團出現，我認為遲早將會產生，只是時間的問題。

■電影呢？

馬森：三年前我初次回來時，覺得文學有長足的進步，卻嘆息於電影的退步。但這一年來卻是大不相同了，這次回來正好趕上電影的新潮，我看了不少重要的新出的電影，像「油麻菜籽」、「風櫃來的人」、「看海的日子」等，都有新的表現，我覺得電影與文學結合得很好。

■你認為文學在現代社會裏，應當扮演怎樣的角色？

馬森：文學是一種藝術，主要是以思想、感覺為內容而以文學形式表達。文學的內容與形式是一致的。文學本身是自足的，它的本身就是目的，而不是手段，當然更不是教育的工具。

我並不是反對文學有教育功能，但以為文學的主要功用並不在教訓他人。我認爲文學的主要社會功用倒在於——第一、使這個社會裏的人藉著追求藝術，能夠表現自己的情欲和情感。第二、文學擔當了人與人之間溝通的橋梁，讓作者與讀者間能夠產生互通、瞭解、同情、共鳴。我並不認爲作者的思想必須要比讀者高明。要作者作之君、作之師去教訓別人，我不贊成。作爲一個作者，我並不認爲我比別人高明到那裏去，我不過是要別人瞭解我的問題，同情我的問題而已。

文學最重要的目的不是教育或教化別人，我想沒有一個作者有資格敢於做別人的老師去教訓人，特別是在當代教育是這樣普及的情形下。

寫作了這麼多年，馬森依然在這條途程上堅定往前，他認爲文學在一國的文化發展中佔了一個重要的地位。

大概是在這種信念之下吧，馬森曾經轉述過法國前總統季斯卡的一段話——季斯卡說：「當總統並非我的第一志願，我的第一志願是成爲一個小說家，然而我實在是寫不過莫泊桑、福樓拜，只好退而求其次當總統了。」

7

馬森，一百八十公分高的頎長身材，歲月飛逝如斯，卻只能在他的臉上留下些微跡痕，黑框眼鏡之後是飛揚的眼神，他的談話從容，時而露出智慧的話語。

原載一九八四年六月《新書月刊》第九期

馬森著作目錄

一、學術論著及一般評論

《莊子書錄》，台北：台灣師範大學國文研究所集刊，第二期，一九五八年。
《世說新語研究》，台北：台灣師範大學國文研究所，一九五九年。
《馬森戲劇論集》，台北：爾雅出版社，一九八五年九月。
《文化・社會・生活》，台北：圓神出版社，一九八六年一月。
《東西看》，台北：圓神出版社，一九八六年九月。
《電影・中國・夢》，台北：時報出版公司，一九八七年六月。
《中國民主政制的前途》，台北：圓神出版社，一九八八年七月。
馬森、邱燮友等著《國學常識》，台北：東大圖書公司，一九八九年九月。
《繭式文化與文化突破》，台北：聯經出版社，一九九〇年一月。
《當代戲劇》，台北：時報文化出版社，一九九一年四月。

《中國現代戲劇的兩度西潮》，台南：文化生活新知出版社，一九九一年七月。
《東方戲劇・西方戲劇》（《馬森戲劇論集》增訂版），台南：文化生活新知出版社，一九九二年九月。
《西潮下的中國現代戲劇》（《中國現代戲劇的兩度西潮》修訂版），台北：書林出版公司，一九九四年十月
馬森、邱燮友、皮述民、楊昌年等著《二十世紀中國新文學史》，板橋：駱駝出版社，一九九七年八月。
《燦爛的星空──現當代小說的主潮》，台北：聯合文學出版社，一九九七年十一月。
《戲劇──造夢的藝術》(戲劇評論)，台北：麥田出版社，二〇〇〇年十一月。
《文學的魅惑》（文學評論），台北：麥田出版社，二〇〇二年四月。
《台灣戲劇──從現代到後現代》，台北：佛光人文社會學院，二〇〇二年六月。
《中國現代戲劇的兩度西潮》再修訂版，台北：聯合文學出版社，二〇〇六年十二月。
〈台灣實驗戲劇〉，收在張仲年主編《中國實驗戲劇》，上海人民初版社，二〇〇九年一月，頁一九二─二三五。

二、小說創作

馬森、李歐梵《康橋踏尋徐志摩的蹤徑》，台北：環宇出版社，一九七〇年。
《法國社會素描》，香港：大學生活社，一九七二年十月。
《生活在瓶中》（加收部分《法國社會素描》），台北：四季出版社，一九七八年四月。
《孤絕》，台北：聯經出版社，一九七九年九月，一九八六年五月第四版改新版。
《夜遊》，台北：爾雅出版社，一九八四年一月。
《北京的故事》，台北：時報出版公司，一九八四年五月，一九八六年七月第三版改新版。
《海鷗》，台北：爾雅出版社，一九八四年五月。
《生活在瓶中》，台北：爾雅出版社，一九八四年十一月。
《巴黎的故事》（《法國社會素描》新版），台北：爾雅出版社，一九八七年十月。
《孤絕》（加收《生活在瓶中》），北京：人民文學，一九九二年二月。
《巴黎的故事》，台南：文化生活新知出版社，一九九二年二月。
《夜遊》，台南：文化生活新知出版社，一九九二年九月。
《M的旅程》，台北：時報出版公司，一九九四年三月（紅小說二六）。
《北京的故事》，台北：時報出版公司，一九九四年四月（新版、紅小說二七）

《孤絕》，台北：麥田出版社，二〇〇〇年八月。
《夜遊》，台北：九歌出版社，二〇〇〇年十二月。
《夜遊》（典藏版）台北：九歌出版社，二〇〇四年七月十日。
《巴黎的故事》，台北：印刻出版社，二〇〇六年四月。
《生活在瓶中》，台北：印刻出版社，二〇〇六年四月。
《府城的故事》，台北：印刻出版社，二〇〇八年五月。

三、劇本創作

《西冷橋》（電影劇本），寫於一九五七年，未拍製。
《飛去的蝴蝶》（獨幕劇），寫於一九五八年，未發表。
《父親》（三幕），寫於一九五九年，未發表。
《人生的禮物》（電影劇本），寫於一九六二年，一九六三年於巴黎拍製。
《蒼蠅與蚊子》（獨幕劇），寫於一九六七年，發表於一九六八年冬《歐洲雜誌》第九期。
《一碗涼粥》（獨幕劇），寫於一九六七年，發表於一九七七年七月《現代文學》復刊第一期。
《獅子》（獨幕劇），寫於一九六八年，發表於一九六九年十二月五日《大眾日報》「戲劇專刊」。

《弱者》（一幕二場劇），寫於一九六八年，發表於一九七〇年一月七日《大眾日報》「戲劇專刊」。

《蛙戲》（獨幕劇），寫於一九六九年，發表於一九七〇年二月十四日《大眾日報》「戲劇專刊」。

《野鵓鴿》（獨幕劇），寫於一九七〇年，發表於一九七〇年三月四日《大眾日報》「戲劇專刊」。

《朝聖者》（獨幕劇），寫於一九七〇年，發表於一九七〇年四月八日《大眾日報》「戲劇專刊」。

《在大蟒的肚裡》（獨幕劇），寫於一九七二年，發表於一九七六年十二月三一四日《中國時報》「人間副刊」，並收在王友輝、郭強生主編《戲劇讀本》，台北二魚文化，頁三六六—三七九。

《花與劍》（二場劇），寫於一九七六年，未發表，收入一九七八年《馬森獨幕劇集》；並選入一九八九《中華現代文學大系》（戲劇卷壹），台北九歌出版社，頁一〇七—一三五；一九九三年十一月北京《新劇本》第六期（總第六十期）「93中國小劇場戲劇展暨國際研討會作品專號」轉載，頁十九—廿六；一九九七年英譯本收入*Contemporary*

Chinese Drama, translated by Prof. David Pollard, Hong Kong, Oxford university Press, pp. 253-374。

《馬森獨幕劇集》，台北：聯經出版社，一九七八年二月（收進《一碗涼粥》、《獅子》、《蒼蠅與蚊子》、《弱者》、《蛙戲》、《野鵓鴿》、《朝聖者》、《在大蟒的肚裡》、《花與劍》等九劇）。

《腳色》（獨幕劇），寫於一九八〇年，發表於一九八〇年十一月《幼獅文藝》三二三期「戲劇專號」。

《進城》（獨幕劇），寫於一九八二年，發表於一九八二年七月廿二日《聯合報》副刊。

《腳色》，台北：聯經出版社，一九八七年十月（《馬森獨幕劇集》增補版，增收進《腳色》、《進城》，共十一劇）。

《腳色——馬森獨幕劇集》，台北：書林出版社，一九九六年三月。

《美麗華酒女救風塵》（十二場歌劇），寫於一九九〇年，發表於一九九〇年十月《聯合文學》七二期，游昌發譜曲。

《我們都是金光黨》（十場劇），寫於一九九五年，發表於一九九六年六月《聯合文學》一四〇期。

《我們都是金光黨／美麗華酒女救風塵》，台北：書林出版社，一九九七年五月。

《陽台》（二場劇），寫於二〇〇一年，發表於二〇〇一年六月《中外文學》三十卷第一期。

《窗外風景》（四圖景），寫於二〇〇一年五月，發表於二〇〇一年七月《聯合文學》二〇一期。

《蛙戲》（十場歌舞劇），寫於二〇〇二年初，台南人劇團於二〇〇二年五月及七月在台南市、台南縣和高雄市演出六場，尚未出書。

《雞腳與鴨掌》（一齣與政治無關的政治喜劇），寫於二〇〇七年末，二〇〇九年三月發表於《印刻文學生活誌》。

《馬森戲劇精選集》（收入《窗外風景》、《陽台》、《我們都是金光黨》、《雞腳與鴨掌》、歌舞劇版《蛙戲》、話劇版《蛙戲》及徐錦成〈馬森近期戲劇〉、陳美美〈馬森「腳色理論」析論〉兩文），台北：新地文學出版社，二〇一〇年三月。

四、散文創作

《在樹林裏放風箏》，台北：爾雅出版社，一九八六年九月。

《墨西哥憶往》，台北：圓神出版社，一九八七年八月。

《墨西哥憶往》，香港：盲人協會，一九八八年（盲人點字書及錄音帶）。

《大陸啊！我的困惑》，台北：聯經出版社，一九八八年七月。
《愛的學習》，台南：文化生活新知出版社，一九九一年三月（《在樹林裏放風箏》新版）。
《馬森作品選集》，台南：台南市立文化中心，一九九五年四月。
《追尋時光的根》，台北：九歌出版社，一九九九年五月。
《東亞的泥土與歐洲的天空》，台北：聯合文學出版社，二〇〇六年九月。
《維成四紀》，台北：聯合文學出版社，二〇〇七年三月。
《旅者的心情》，上海人民出版社，二〇〇九年一月。

五、翻譯作品

馬森、熊好蘭合譯《當代最佳英文小說》導讀一（用筆名飛揚），台南：文化生活新知出版社，一九九一年七月。
馬森、熊好蘭合譯《當代最佳英文小說》導讀二（用筆名飛揚），台南：文化生活新知出版社，一九九一年十月。
《小王子》（原著：法國・聖德士修百里，譯者用筆名飛揚），台南：文化生活新知出版社，一九九一年十二月。
《小王子》，台北：聯合文學，二〇〇〇年十一月。

六、編選作品

《七十三年短篇小說選》，台北：爾雅出版社，一九八五年四月。

《樹與女——當代世界短篇小說選（第三集）》，台北：爾雅出版社，一九八八年十一月。

馬森、趙毅衡合編《潮來的時候——台灣及海外作家新潮小說選》，台南：文化生活新知出版社，一九九二年九月。

馬森、趙毅衡合編《弄潮兒——中國大陸作家新潮小說選》，台南：文化生活新知出版社，一九九二年九月。

馬森主編，「現當代名家作品精選」系列（包括胡適、魯迅、郁達夫、周作人、茅盾、丁西林、沈從文、徐志摩、丁玲、老舍、林海音、朱西甯、陳若曦、洛夫等的選集），台北：駱駝出版社，一九九八年六月。

馬森主編《中華現代文學大系一九八九—二〇〇三·小說卷》，台北：九歌出版社，二〇〇三年十月。

七、外文著作

1963 *L'Industrie cinémathographique chinoise après la sconde guèrre mondiale*（論文），

Institut des Hautes Études Cinémathographiques, Paris.

1965 “Évolution des caractères chinois”，*Sang Neuf*（Les Cahiers de l'École Alsacienne, Paris），No.11,pp.21-24.

1968 “Lu Xun, iniciador de la literatura china moderna” ,*Estudio Orientales*, El Colegio de Mexico, Vol.III,No.3,pp.255-274.

1970 “Mao Tse-tung y la literatura:teoria y practica” , *Estudios Orientales*, Vol.V,No.1,pp.20-37.

1971 La literatura china moderna y la revolucion” , *Revista de Universitad de Mexico*, Vol. XXVI, No.1, pp.15-24.

“Problems in Teaching Chinese at El Colegio de Mexico” , *Journal of the Chinese Language Teachers Association in North America*, Vol.VI, No.1, pp.23-29.

La casa de los Liu y otros cuentos（老舍短篇小說西譯選編），El Colegio de Mexico, Mexico, 125p.

1977 *The Rural People's Commune* 一九五八*-65: A Model of Social and Economic* Development (Dissertation of Ph.D. of Philosophy at University of British Columbia, Canada).

1979 “Water Conservancy of the Gufengtai People's Commune in Shandong” (25-28 May，

The Annual Conference of Association for Asian Studies).

1981 "Kuo-ch'ing Tu: *Li Ho* (Twayne's World Series), Boston, Twayne Publishers, 1979" , *Bulletin of SOAS*, University of London, Vol. XLIV, Part 3, pp.617-618.

"The Drowning of an Old Cat and Other Stories, by Hwang Chun-ming (translated by Howard Goldblartt), Bloomington, Indiana University Press,1980", *The China Quarterly*, 88, Dec., pp.707-08.

1982 "Jeanette L. Faurot (ed.): *Chinese fiction from Taiwan: Critical Perspectives*, Bloomington: Indiana University Press, 1980", *Bulletin of the SOAS*, Unversity of London, Vol. XLV, Part 2, pp.383-384.

"Martine Vellette-Hémery: Yuan Hongdao (1568-1610): théorie et pratique littéraires, Paris, Collège de France, Institut des Hautes Études Chinoises, 1982", Bulletin of the SOAS, Unversity of London, Vol. XLV, Part 2, p.385.

1983 "Nancy Ing (ed.): *Winter Plum: Contemporary Chinese Fiction*, Taipei, Chinese Nationals Center,1982", *The China Quarterly*, ?, pp.584-585.

1986 "*Contemporary Chinese Literature: An Anthology of Post-Mao Fiction and Poetry*, edited with an Introduction by Michael S. Duke for the Bulletin of Concerned Asian

Scholars, New York and London, M. E. Sharpe Inc., 1985", *The China Quarterly*,?, pp.51-53.

1987 "L'Ane du père Wang" , *Aujourd'hui la Chine*, No.44, pp.54-56.

1988 "Duanmu Hongliang: *The Sea of Earth*, Shanghai, Shenghuo shudian, 1938", *A Selective Guide to Chinese Literature 1900-1949*, Vol.1 The Novel, edited by Milena Dolezelova-Velingerova, E. J. Brill, Leiden • New York, KØbenhavn Köln, pp.73-74.

"Li Jieren: *Ripples on Dead Water*, Shanghai, Zhong hua shuju, 1936", *A Selective Guide to Chinese Literature 1900-1949*, Vol.1, The Novel, edited by Milena Dolezelova-Velingerova, E. J. Brill, Leiden • New York, KØbenhavn Köln, pp.116-118.

"Li Jieren: *The Great Wave*, Shanghai, Zhong hua shuju, 1937", *A Selective Guide to Chinese Literature 1900-1949*, Vol.1, The Novel, edited by Milena Dolezelova-Velingerova, E. J. Brill, Leiden • New York, KØbenhavn Köln, pp.118-121.

"Li Jieren: *The Good Family*, Shanghai, Zhonghua shuju, 1947", *A Selective Guide to Chinese Literature 1900-1949*, Vol.2, The Short Story, edited by Zbigniew Slupski, E. J. Brill, Leiden • New York, KØbenhavn Köln, pp.99-101. \

"Shi Tuo: *Sketches Gathered at My Native Place*, Shanghai, Wenhua shenghuo chu banshee, 1937", *A Selective Guide to Chinese Literature 1900-1949*, Vol.2, The Short Story, edited by Zbigniew Slupski, E. J. Brill, Leiden • New York, KØbenhavn Köln, pp.178-181

"Wang Luyan: *Selected Works by Wang Luyan*, Shanghai, Wanxiang shuwu, 1936", *A Selective Guide to Chinese Literature 1900-1949*, Vol.2, The Short Story, edited by Zbigniew Slupski, E. J. Brill, Leiden • New York, KØbenhavn Köln, pp.190-192.

1989 "Father Wang's Donkey"（translated by Michael Bullock），*PRISM International*, Canada, Vol.27, No.2, pp.8-12.

"The Theatre of the Absurd in Mainland China: Gao Xingjian's *The Bus Stop*", *Issues & Studies*, National Chengchi University, Vol.25, No.8, pp.138-148.

1990 "The Celestial Fish"（translated by Michael Bullock），*PRISM International*, Canada, January 一九九〇, Vol.28, No.2, pp.34-38.

"The Anguish of a Red Rose"（translated by Michael Bullock）, *MATRIX*（Toronto, Canada），Fall 一九九〇, No.32, pp.44-48.

"Cao Yu: *Metamorphosis*, Chongqing, Wenhua shenghuo chubanshe, 1941", *A Selective Guide to Chinese Literature 1900-1949*, Vol.4, The Drama, edited by Bernd Eberstein, E.

J. Brill, Leiden • New York, KØbenhavn Köln, pp.63-65.

"Lao She and Song Zhidi: *The Nation Above All*, Shanghai Xinfeng chubanshe, 1945", *A Selective Guide to Chinese Literature 1900-1949*, Vol.4, The Drama, edited by Bernd Eberstein, E. J. Brill, Leiden • New York, KØbenhavn Köln, pp.164-167.

"Yuan Jun: *The Model Teacher for Ten Thousand Generations*, Shanghai, Wenhua shenghuo chubanshe, 1945", *A Selective Guide to Chinese Literature 1900-1949*, Vol.4, The Drama, edited by Bernd Eberstein, E. J. Brill, Leiden • New York, KØbenhavn Köln, pp.323-326.

1991 "The Theatre of the Absurd in Mainland China: Kao Hsing-chien's *The Bus Stop*" in Bih-jaw Lin（ed.）, *Post-Mao Sociopolitical Changes in Mainland China: The Literary Perspective*, Institute of International Relations, National Chengchi University, Taipei, pp.139-148.

"Thought on the Current Literary Scene", *Rendition*（A Chinese-English Translation Magazine）, Nos.35 & 36, Spring & Autumn 一九九一, pp.290-293.

1997 *Flower and Sword* (Play translated by David E. Pollard) in Martha P.Y. Cheung & C.C. Lai (ed.), *Contemporary Chinese Drama*, Hong Kong, Oxford University Press, pp.353-

374.

2001 "The Theatre of the Absurd in China: Gao Xingjian's *Bus-Stop*" in Kwok-kan Tam (ed.), *Soul of Chaos: Critical Perspectives on Gao Xingjian*, Hong Kong, The Chinese University Press, pp.77-88.

2006 二月，《中國現代演劇》（《中國現代戲劇的兩度西潮》韓文版，姜啟哲譯），首爾。

八、有關馬森著作（單篇論文不列）

龔鵬程主編：《閱讀馬森——馬森作品學術研討會論文集》，台北：聯合文學，二〇〇三年十月

石光生著：《馬森》（資深戲劇家叢書），台北：行政院文化建設委員會，二〇〇四年十二月

語言文學類　PG0442

文學的魅惑

作　　者 / 馬　森
主　　編 / 楊宗翰
責任編輯 / 孫偉迪
圖文排版 / 張慧雯
封面設計 / 陳佩蓉

發 行 人 / 宋政坤
法律顧問 / 毛國樑　律師
印製出版 / 秀威資訊科技股份有限公司
114台北市內湖區瑞光路76巷65號1樓
電話：+886-2-2796-3638　傳真：+886-2-2796-1377
http://www.showwe.com.tw
劃撥帳號 / 19563868　戶名：秀威資訊科技股份有限公司
讀者服務信箱：service@showwe.com.tw
展售門市 / 國家書店（松江門市）
104台北市中山區松江路209號1樓
電話：+886-2-2518-0207　傳真：+886-2-2518-0778
網路訂購 / 秀威網路書店：http://www.bodbooks.tw
國家網路書店：http://www.govbooks.com.tw
圖書經銷 / 紅螞蟻圖書有限公司
114台北市內湖區舊宗路二段121巷28、32號4樓
電話：+886-2-2795-3656　傳真：+886-2-2795-4100

2010年12月BOD一版
定價：340元

國家圖書館出版品預行編目

文學的魅惑 / 馬森著. -- 一版. -- 臺北市 : 秀威資訊科技, 2010.12

面； 公分. -- (語言文學類 ; PG0442)

BOD版

ISBN 978-986-221-653-8(平裝)

1. 現代文學 2. 文學評論

812 99020256

讀者回函卡

感謝您購買本書，為提升服務品質，請填妥以下資料，將讀者回函卡直接寄回或傳真本公司，收到您的寶貴意見後，我們會收藏記錄及檢討，謝謝！
如您需要了解本公司最新出版書目、購書優惠或企劃活動，歡迎您上網查詢或下載相關資料：http:// www.showwe.com.tw

您購買的書名：＿＿＿＿＿＿＿＿＿＿＿＿＿＿＿＿＿＿＿＿

出生日期：＿＿＿＿＿年＿＿＿＿＿月＿＿＿＿＿日

學歷：□高中（含）以下　□大專　□研究所（含）以上

職業：□製造業　□金融業　□資訊業　□軍警　□傳播業　□自由業
　　　□服務業　□公務員　□教職　□學生　□家管　□其它＿＿＿

購書地點：□網路書店　□實體書店　□書展　□郵購　□贈閱　□其他

您從何得知本書的消息？

□網路書店　□實體書店　□網路搜尋　□電子報　□書訊　□雜誌
□傳播媒體　□親友推薦　□網站推薦　□部落格　□其他＿＿＿＿＿

您對本書的評價：（請填代號　1.非常滿意　2.滿意　3.尚可　4.再改進）

封面設計＿＿　版面編排＿＿　內容＿＿　文／譯筆＿＿　價格＿＿

讀完書後您覺得：

□很有收穫　□有收穫　□收穫不多　□沒收穫

對我們的建議：＿＿＿＿＿＿＿＿＿＿＿＿＿＿＿＿＿＿＿＿

＿＿＿＿＿＿＿＿＿＿＿＿＿＿＿＿＿＿＿＿＿＿＿＿＿＿

＿＿＿＿＿＿＿＿＿＿＿＿＿＿＿＿＿＿＿＿＿＿＿＿＿＿

＿＿＿＿＿＿＿＿＿＿＿＿＿＿＿＿＿＿＿＿＿＿＿＿＿＿

請貼
郵票

11466
台北市內湖區瑞光路 76 巷 65 號 1 樓
秀威資訊科技股份有限公司 收
BOD 數位出版事業部

(請沿線對折寄回，謝謝！)

姓　　名：＿＿＿＿＿＿＿＿　年齡：＿＿＿＿　性別：□女　□男

郵遞區號：□□□□□

地　　址：＿＿＿＿＿＿＿＿＿＿＿＿＿＿＿＿

聯絡電話：(日)＿＿＿＿＿＿＿＿(夜)＿＿＿＿＿＿＿＿

E-mail：＿＿＿＿＿＿＿＿＿＿＿＿＿＿＿＿